Jasmin

Jasmin

Bibliografische Information der Deutschen Nationalbibliothek:
Die Deutsche Nationalbibliothek verzeichnet diese Publikation
in der Deutschen Nationalbibliografie;
detaillierte bibliografische Daten sind im Internet über
http://dnb.d-nb.de abrufbar.

© 2010 Daniel Schehack
© Fotos by Foto Warnecke Oebisfelde
Satz, Umschlaggestaltung, Herstellung und Verlag:
Books on Demand GmbH, Norderstedt
ISBN: 978-3-8391-5591-2

INHALTSVERZEICHNIS

Euch, die Ihr dieses Buch lest –
Alles Gute für die Zukunft.

Wenn man das Privileg genießen darf, 800 Jahre zwischen eurer »normalen« menschlichen Welt und unserer – ich sage mal – »etwas anderen« verbringen zu dürfen, und diese Zeit als das definiert, was man daraus machen kann – trotz aller schmerzvollen Verluste und Erfahrungen –, dann erscheint mir dieser Zeitraum rückblickend als doch viel zu kurz.

Efraim, Ältester des Rates der Familie

ANSTELLE EINES VORWORTES

Sie spukten im wahrsten Sinne des Wortes schon durch die überlieferten Mythologien der ältesten Weltkulturen. Sie existieren auch heute noch. Anscheinend führen sie jedoch keine Randexistenz, sondern werden in letzter Zeit leider immer populärer. Ich rede von Vampiren. Blutsaugende Ungeheuer, verflucht, lichtscheu, tot und, mal abgesehen von einigen im Fernsehen dargestellten weiblichen Wesen, die personifizierte Widerwärtigkeit. Aber sind sie nicht nur Spiegel unser selbst?

Wenn ich mir abends nur die Nachrichten ansehe oder, wie viel mehr noch, im Internet Videos von Gewalttaten sehe, kann ich nicht mehr verstehen, weshalb Horrorfilme als nicht jugendfrei klassifiziert werden. Reality-TV ist in meinen Augen ungleich schockierender als alle Geschichten, die sich Autoren ausdenken können. Ich blicke am Bildschirm auf zerfetzte Leichen und sehe Soldaten, die nach dem Blut ihrer Feinde lechzen – Bilder, die sich fast täglich wiederholen, ich frage mich dann, ob diese geheimnisvolle dämonische Kreatur, genannt Vampir, nicht Teil jedes Einzelnen von uns ist.

Unbewusst haben wir vielleicht dieses Wissen, und es ängstigt uns. Deshalb erklären wir die Damen und Herren Vampire für »tot« und verleihen diesen Blutsaugern übermenschliche Fähigkeiten. Somit können wir sagen: »Es ist ja nur ein Mythos.«

»Sie lächeln?« Ich gebe Ihnen recht – etwas sehr weit an den Haaren herbeigezogen. Und es ist gut, dass Sie so denken … Denn vielleicht liege ich ja doch nicht so falsch, wie sagt man: In jeder Legende steckt ein Körnchen Wahrheit …

Wie auch immer. »Pass auf dich auf Jasmin, bitte! Denn du musst wissen, was du tust.«

Ein guter Freund der Familie

HAUSKAUF

Ein schwarzer Mercedes fuhr auf die große ausladende Pforte eines ländlich gelegenen alten Herrensitzes zu. Die Limousine verlangsamte ihre Fahrt, während sie das sich automatisch öffnende Tor passierte. Es war ein herrlicher Sommernachmittag, und allerlei Insekten tummelten sich in der verwucherten parkähnlichen Gartenanlage. Der Wagen fuhr die sandige Auffahrt zu der alten Villa herauf. Knirschend kam er vor dem Portal zum Stehen und zwei Männer in dunklen Anzügen stiegen aus.

Der Fahrer, ein untersetzter, unauffälliger Mann Ende vierzig, begann sofort auf seinen Beifahrer im Verkäuferton einzureden. »Na ja, lassen Sie sich nicht von der Fassade täuschen, Sie müssen sich die Villa von innen ansehen, Herr Zupko. Das Haus ist eben schon seit sieben Jahren unbewohnt. Aber die Substanz ist hundertprozentig in Ordnung, glauben Sie mir.« Er versuchte ein Lächeln, was ihm aber nur ansatzweise und augenscheinlich krampfhaft gelang. Nach einer Weile fügte er unsicher hinzu: »Sonst hätte ich den Auftrag wohl auch nicht übernommen.«

Sein Klient schaute sich ausdruckslos um, so als hätte er dieses Geschwafel schon zu oft gehört. Der Makler redete weiter. Doch mehr als bei seinem ersten Treffen, vor mehr als zwanzig Jahren, spürte er jetzt eine unangenehme Unruhe in sich. Obwohl er bis zum heutigen Tag meinte, solche Gefühle schon seit Langem abgelegt zu haben. Sein Gegenüber, hochgewachsen, scheinbar Mitte dreißig und mit einem ausgeprägten »Adlergesicht« blickte ihn an, als wünschte er nichts so sehr, wie dass der Vermittler endlich das Feld räumen würde; und er wusste auch, dass es im Moment nichts gab, was der Geschäftsmann lieber getan hätte.

»Würden Sie mir bitte ins Haus folgen?« Der Makler setzte sich in Richtung Haustür in Bewegung und stieg die sechs Stufen zu der dicken eisenbeschlagenen Eichentür hinauf. Er meinte zu spüren, wie die Augen des ihm Folgenden ihn zu durchbohren trachteten, und fühlte sich wie ein zum Tode Verurteilter, der die Stufen zum Schafott des Henkers heraufgeführt wird.

»Darf ich fragen, was Sie in unsere kleine Gemeinde treibt, Herr Zupko?«, startete er einen letzten Versuch, diese unheimliche Atmosphäre zu durchdringen.

»Ich suche ländliche Abgeschiedenheit – und Ruhe«, antwortete sein Kunde – oder Mörder? »Oh Gott, ich brauche mal wieder Urlaub.«

Irgendwie klang das wie auswendig gelernt, dachte er. Der Makler wollte noch etwas sagen, doch auf einmal hatte er einen unbestimmten Drang, lieber nichts mehr zu fragen. Stattdessen fasste er den Entschluss, die Sache hier so schnell wie möglich abzuwickeln.

»Ah – bitte folgen Sie mir dann.« Er schloss die Tür auf und betrat, gefolgt von seinem Klienten, das Haus. »Also wie Sie sehen, stehen Sie gleich nach Betreten des Hauses in dieser holzgetäfelten Empfangshalle. Als besonderes Extra verfügt die Villa auch über ein Kaminzimmer und einen Raum, der früher einmal als Bibliothek genutzt wurde. Die Einbauregale sind noch vorhanden, und wie Sie sehen werden, in einem sehr guten Zustand.« Der Makler gab noch einen kurzen Bericht über die Voreigentümer des Hauses, während er seinen Klienten durch alle Räume des Erdgeschosses und des ersten Stocks der Villa führte. Ab und zu sah er, wie er meinte, unauffällig auf die Uhr. Vielleicht konnte er unter dem Vorwand, unter Zeitdruck zu stehen, die Führung durch den Keller vorzeitig abbrechen, was auch gar nicht so falsch war, denn sie hatten sich ja tatsächlich recht kurzfristig verabredet.

Allein die Vorstellung, mit diesem eigenartigen Kauz auch noch den muffigen Keller inspizieren zu müssen, versetzte ihm schon eine anständige Gänsehaut.

»Tja, das war's dann«, bemerkte er, als sie wieder in der Empfangshalle standen. »Wenn Sie noch Interesse haben, kommen Sie bitte morgen um fünfzehn Uhr in mein Büro. Wir können dann die restlichen Formalitäten regeln. Ich muss mich leider etwas beeilen, weil ich noch einen anderen wichtigen Termin habe«, und fügte hinzu: »Wir haben uns ja auch recht kurzfristig verabredet.«

»Der Keller fehlt noch.«

»Ja, natürlich der Keller. Tut mir leid«, log er. Der Makler sah seinen Klienten an, und es trieb ihm den Schweiß auf die Stirn. Mein Gott, er grinst. Wenn der Typ grinst, sieht er aus wie ein Vampir. Schnell vertrieb er diese Gedanken. Es war sowieso schon genug, denn schließlich war er Profi.

»Die Tür hier neben uns. Moment, hier muss irgendwo ein Lichtschalter sein.« Der Makler tastete die Wand an der Kellertreppe ab. »Ah, hier!« Er betätigte den Taster und das Ende der Treppe wurde in diffuses Licht getaucht. Reste davon beleuchteten schwach die Stufen. Die Stiege war extrem steil. »Halten Sie sich gut fest. Die Treppe ist zwar in Ordnung, aber sehr steil«, hörte er sich sagen. Unwillkürlich drängten sich ihm wieder die klischeehaften Vorstellungen des Vampirs auf, der sich zähnefletschend auf sein Genick stürzte. Die Treppe in die modrige Gruft, dachte er bei sich. Oh, man Scheiße, bei meiner Fantasie hätte ich Schriftsteller werden sollen, das ist ja schon krankhaft.

Der Keller roch stickig. Sie standen in einem Raum, der ungefähr so breit war wie die Halle oben, aber nicht ganz so lang. Die einsame Glühlampe, die von der Decke hing, war extrem verstaubt, und außerdem viel zu schwach, was nicht unbedingt dazu beitrug, dass der Makler sich wohler in seiner Haut fühlte. Gruppen wertloser älterer Möbel, zusammen mit leeren Kisten und anderem Gerümpel, standen umher und vermittelten den Eindruck, auf irgendeine unergründliche Art und Weise sortiert worden zu sein. Dennoch konnte man aber auch manchmal Glück haben und fand durch Zufall ein wertvolleres Stück. Der Makler wusste von einem Kollegen, der einmal eine schwere eisenbeschlagene Eichentruhe fand, die – zum Glück für ihn – irgendjemand mit hässlichster, aber ungeheuer tarnender Bauernmalerei vollgeschmiert hatte. Solches Glück hatte er noch nie. Aber trotzdem schaute er jedes Mal etwas genauer hin, denn man konnte ja nie wissen.

»Das Haus hat Gasheizung. Der Keller ist so aufgebaut wie die Wohnung im Erdgeschoss. Allerdings wurden einige Räume durch Trennwände verkleinert. Der Heizungskeller ist dort drüben.« Er deutete mit seiner Hand auf eine starke Eisentür. »Sie haben selbstverständlich Wasser und sogar Drehstrom hier unten.«

Der potenzielle Käufer warf kurze Blicke in die einzelnen Kellerräume, während der Geschäftsmann am Fuße der Treppe stehen blieb und zusehends nervöser in seinen Unterlagen blätterte.

»Hören Sie, ich habe leider nur noch wenig Zeit. Es tut mir wirklich sehr leid, aber …«

»Ja, natürlich, ich verstehe.« Langsam drehte Zupko sich zu ihm um. Er schaute dem Makler lächelnd und auf seine Art wohl liebenswürdig in die Augen. »Ihre Termine. Von mir aus können wir gehen.« In seinem Blick lag etwas Hypnotisches, dessen sich der Geschäftsmann nur schwer entziehen konnte.

Ruckartig wendete er sich ab. Dieser Tonfall. Lag da etwas Hämisches in seiner Stimme? Der Typ hat mich durchschaut, der weiß, dass ich lüge. Zum Kotzen, woher weiß er das?

14

Oben in der Empfangshalle versuchte der Makler, souverän zu wirken und seiner Stimme einen routinemäßigen Touch zu geben. »Wenn Sie also noch Fragen haben, meine Sekretärin ist heute noch bis sechzehn Uhr im Büro. Sie hat alle Unterlagen. Rufen Sie sie einfach an. Ansonsten sehen wir uns ja hoffentlich morgen.« Weitersprechen, bloß weitersprechen! Er merkte, wie die Unsicherheit wiederkehrte, ihm den Rücken langsam hochkroch, um sich dann in seinem Hirn breitzumachen. Er kannte diese Situation, wenn er sie auch fast vergessen hatte, dagegen anreden half ihm immer. Aber er kam nicht mehr dazu.

»Ich nehme das Haus, wie viel, sagten Sie, sollte es kosten?«

Der Makler fühlte dieses Grauen noch deutlicher. Aber er riss sich zusammen und blickte diesem Widerling direkt in die Augen, er nannte den Preis. »Dreihunderttausend Euro.«

Der andere senkte den Blick.

Der Geschäftsmann dachte schon, er habe gewonnen, und überlegte, ob es vielleicht Leute gab, die sich Kraft ihrer Einbildung selbst ins Irrenhaus brachten. Bei dem Gedanken musste er lächeln, obwohl er sich eingestand, selbst von dieser Möglichkeit nicht allzu weit entfernt gewesen zu sein. Sollte diesen Arsch doch der Teufel holen, entweder er kaufte das Haus oder er tat es nicht. Er hatte einen Auftrag, und den würde er erfüllen. Der Preis stand fest. Basta.

Du machst den Eindruck, als würdest du deine Finanzen checken, dachte er, reicht wohl nicht, Du Sack, was? Sein Gegenüber hob den Kopf.

»Wie viel können Sie mir entgegenkommen?«

Der Makler antwortete: »Tut mir leid, der Preis steht fest.« Plötzlich fühlte er einen eigenartigen Druck im Kopf, er wusste instinktiv, dass der Auslöser sein Gegenüber war. Panik überkam ihn und lähmte seine Gedanken. Er hatte das Gefühl, als ob etwas Brutales nach seinem Hirn griff. Er stöhnte auf: »Lassen Sie das bitte!«

»Sie verkaufen mir das Haus für einhunderttausend.«

»Das geht nicht, ich habe Anweisungen. Preisänderungen nur nach Absprache.«

»Sehen Sie mir in die Augen!«

Der Makler sträubte sich. Daraufhin verstärkte Zupko den Druck auf das Gehirn des anderen Mannes. Der Makler brach auf die Knie zusammen, aus seinem Stöhnen wurde ein verhaltener Schrei.

»SCHAUEN SIE MIR IN DIE AUGEN!«

Der Körper des Immobilienverkäufers reagierte automatisch. Er wollte nicht, doch er hob den Kopf. Sein Bewusstsein – seine Seele – registrierte dennoch alles. Er versuchte, sich gegen die Bewegung seiner Halsmuskulatur zu wehren; doch sein Körper befand sich vollkommen im Bann des anderen. Der Geschäftsmann kämpfte, als würde er gezwungen, auf das legendäre Haupt der Medusa zu blicken. Noch wenige Zentimeter trennten den direkten Blick der beiden Männer. Er vermochte die Aufwärtsbewegung seines Kopfes zu verlangsamen, stoppen konnte er sie jedoch nicht. Er sah schon das Kinn des anderen. Sein Blick wanderte unaufhaltsam höher. Heiß durchfuhr es ihn. Dann trafen sich ihre Augen. – Die Seele des Maklers wurde zerrissen. Er schrie. Für einen Moment war ihm, als verschmolz sein Bewusstsein mit dem des anderen. Er sah Bilder aus dem tiefsten Winkel der Seele seines Gegenübers. Bilder, die ihn entsetzten. Bilder von Folter, Verfolgungsjagden, schikanierenden Verhören und – permanente Angst. Vor allem aber empfand er ihm bis dahin unbekannten, brutalen Schmerz.

Die Visionen verzogen sich, als der Fremde zu reden begann. Nebelhaft nahm der das Gesicht seines Peinigers wahr, aber das Einzige, was er klar erkennen konnte, war sein durchdringender Blick. »Hören Sie mir gut zu! Ich hatte die Absicht, mich morgen bei Ihnen im Büro zu melden, um Ihnen mitzuteilen, ob ich kaufe oder nicht, verstanden?«

»Ja«, antwortete der Makler.

Der Fremde nahm einen Arm des Mannes und zog ihn anscheinend mühelos zu sich hinauf. »Wir haben uns nicht über den Preis des Hauses unterhalten, und nun …«, der Interessent legte eine kurze Pause ein, um seinen Worten mehr Wirkung zu verleihen, »werden Sie dieses kleine Schwätzchen vergessen!« Zupko wusste alles über den Makler, er kannte seine Abneigungen und Vorlieben. Seine Wünsche und Träume – naive Gefühlsduselei. All das interessierte ihn nicht. Sein ganzes ödes Leben nicht. Was er brauchte, hatte er bekommen. Spezielle Gedanken, alles, was der Makler über seinen Auftraggeber wusste. Er lächelte zufrieden. Zupko hielt den Mann noch immer wie einen nassen Sack am Arm. Dann ließ er das Bewusstsein des Maklers wieder los.

Der leere Blick des Mannes wich einem erschrockenen und verstörten Gesichtsausdruck. »Was, ah – mein Kopf!« Er griff sich an den Schädel und verzog gepeinigt das Gesicht.

»Was war das?«, murmelte der Vermittler. Seine Knie waren wie aus Gummi und er zitterte am ganzen Körper. Obwohl er seinen Klienten nicht mochte, war er doch froh, jetzt nicht allein zu sein.

»Sie sollten so schnell wie möglich zum Arzt gehen. Sie sehen gar nicht gut aus. Möchten Sie ein Glas Wasser?«

Der Makler brachte es fertig, seinem Kunden ins Gesicht zu sehen. Er hatte noch immer diesen durchdringenden Blick, jedoch kam er ihm jetzt nicht mehr so bedrohlich vor. Eher wie ein Arzt, der einen intensiv anblickt, um herauszufinden, wie man es aufnehmen wird, wenn er einem gleich erzählt, dass man im Endstadium seiner Krankheit sei.

Der Makler antwortete, dass er kein Wasser wolle, trotzdem musste er seinem Klienten versprechen, sofort einen Arzt aufzusuchen.

Sie verließen das Haus; obwohl der Geschäftsmann noch immer ziemlich weiche Knie hatte, merkte er, dass er sich von – was immer es eben war – schnell erholte. Er verschloss die Tür, während der andere ihn, vom Fuße der Treppe aus, noch immer besorgt musterte.

»Wirklich, es geht schon wieder.« Der Makler stieg in seinen Wagen. »Ich glaube, ich arbeitete zu viel«, bemerkte er nebenbei, während er den Motor startete. »Kommen Sie, ich setze Sie in der Stadt ab!«, rief er.

Zupko schüttelte den Kopf. »Nein danke, ich möchte mir noch ein wenig die Gegend ansehen. Morgen komme ich zu Ihnen ins Büro.«

»Wie Sie meinen, der Kunde ist König!« Er lachte befreit. So kann man sich in einem Menschen täuschen, eigentlich ist er ja doch ganz nett, dachte er bei sich. »Also, dann bis morgen!« Grüßend hob er den Arm.

»Auf Wiedersehen!«, antwortete sein Klient.

Der Makler gab Gas und die Räder der Limousine wirbelten kleine Staubschwaden von dem trockenen Boden auf. Zupko sah dem davonfahrenden Wagen nach. Er hatte sich vorgenommen, die Dame, der das Haus – im Moment noch – gehörte, zu besuchen. Es fing an zu dämmern. Die Sonne versank als großer Ball hinter dem kleinen Wäldchen, das direkt an das große Grundstück anschloss.

Er dachte wieder an den Makler. »Vampir« nannte er ihn in Gedanken.

»Hm, was für ein hässliches Wort«, überlegte er, aber auch er fand kein besseres. Es war eben wahr, und gerade das machte es so passend.

Die Straße, die zum Dorf führte, war holprig. Sie schlängelte sich, gesäumt von hohen, alten Apfelbäumen, zwischen reifen Kornfeldern hindurch bis zu den alten Gesindehäusern, die am Ortsausgang standen. Inzwischen war die Sonne fast vollständig hinter dem Horizont verschwunden, aber dennoch erhellte ein angenehmes sommerliches Zwielicht die Landschaft. Vögel zwitscherten und der laue abendliche Hauch des Windes streifte sein Gesicht.

Der Mann ging langsam. Er hatte es nicht eilig, und er dachte nach. Ein Problem hatte er noch – nein, eher eine kleine Unannehmlichkeit im Vergleich zu dem, was er schon durchgemacht hatte. Trotz allem, was er erlebt hatte, ging es diesmal nicht um ihn selber. Er machte sich Sorgen um seine Tochter. Sie war jetzt sechzehn, und bald würde es anfangen. Erfahrungsgemäß setzte es am Ende der normalen Pubertät ein. Er war auch sechzehn gewesen, als es anfing, und es war gottverdammt nicht einfach gewesen. Man konnte den Drang nicht überwinden, aber man konnte lernen, ihn zu kontrollieren – zumindest teilweise. Er würde es so machen, wie sein Vater es machte, als es bei ihm selber so weit war. Sie würde langsam Stück für Stück lernen müssen. Aber dafür brauchte er eine abgelegene Bleibe. In einer Wohnsiedlung stellten die Leute Fragen, wenn man nicht ab und zu das Haus verließ. Das wäre ja noch zu erklären gewesen, aber sie würde krank werden, sehr krank, und Schmerzensschreie junger Mädchen interessierten nun mal leider die Nachbarn. Manchmal bereute er es fast, ein Kind gezeugt zu haben, in der Zeit der »Umstellung« würde sie Entzugserscheinungen einer Drogenabhängigen zeigen, nur den Stoff, den sie brauchte, würde sie noch nicht vertragen können, Ersatzmittel würde er ihr nicht bieten können, und alles andere würde sie in der Vollmondwoche nicht interessieren. Nicht einmal das heiß und innig geliebte Essen beim Chinesen. Und was alles noch komplizierter machte, war die Tatsache, dass sich zu allem Überfluss noch ihre paranormalen Fähigkeiten an die Oberfläche ihres Bewusstseins arbeiteten, und infolgedessen würde sie von Wahnvorstellungen heimgesucht werden, bis sie gelernt haben würde, telephatische Impulse zu filtern. Das, was ihm aber am meisten Sorge bereitete, war, dass er nicht immer bei ihr sein konnte. Denn auch er würde unterwegs sein müssen. Und für diese Zeit musste er Maßnahmen treffen. Etwas, was ihm ganz und gar nicht gefiel, aber was seit Jahrhunderten in der Familie als einzige Möglichkeit für diesen Zeitraum angesehen wurde.

Aber eins nach dem anderen. Jetzt musste er erst einmal den Preis für das Haus »herunterhandeln«. Etwas, was ihm mit Sicherheit relativ leicht gelingen würde. Zupko dachte an seine tote Frau. Vor vierzehn Jahren ungefähr war er in einer ähnlichen Situation gewesen. Das Schwein hatte sie erschossen, dabei war sie nicht wie er. Und auf der darauf folgenden Flucht hatte er alles verloren. Bis auf seine stille Reserve, um die siebenhunderttausend Euro – langfristige Kapitalanlagen, sozusagen der Notgroschen. In diesem Moment fragte er sich, ob er jemals Jasmin die wahre Geschichte über ihre Mutter erzählen würde. Bis jetzt war er ihr immer gekonnt ausgewichen, als die das Gespräch auf ihre Mutter lenkte. Er hatte sich in seinem Leben nicht oft verliebt. Zupko war sich fast immer bewusst gewesen, dass seine Uhr langsamer lief als andere. Eine Tatsache, die im Laufe der Jahre auch zwischen Liebenden unweigerlich zu Komplikationen geführt hätte. Unsterblich war er nicht. Und auch die meisten anderen

Fähigkeiten, und natürlich nicht zu vergessen die endlosen lächerlichen Schutzmaßnahmen gegen Leute wie ihn, waren übertrieben oder schlicht und einfach Unsinn. – Aber für ihn bedeutete es einen sehr guten Schutz, den er oft genug anwendete. Viele waren ihm in den letzten dreihundert Jahren gefährlich nahegekommen und hatten versucht, ihn umzubringen, oft hatten sie beinahe auch Erfolg gehabt. Aber bis heute hatte er es immer geschafft, davonzukommen. Einmal war er schwer verletzt gewesen. Er schleppte sich fort und ernährte sich von Mäusen aus der Scheune, in der er sich versteckt hielt. Genauer von ihrem Blut. Es war zwar nicht annähernd so gut wie das von Menschen, aber es reichte. Blut war für ihn so etwas wie ein Lebenselixier. Durch Blut heilten seine Wunden um ein Vielfaches schneller. Er war von Degenstichen durchbohrt worden und sehr geschwächt gewesen. Aber innerhalb einer Woche war er wieder auf den Beinen. Sein Glück war, dass die Leute, die ihn damals verfolgten, sich an Vampirliteratur orientierten. Ein wenig Theater um Knoblauch, Kreuze und das alles, und sie glaubten seine Flucht. Er lächelte, als er sich an diesen Abend vor rund zweihundert Jahren erinnerte. Damals war alles einfacher, zumindest für Leute wie ihn. Zupko schaute aufs Feld. Hoch am abendlichen Himmel sah er einen Bussard kreisen.

Raubtiere, war er auch eines? Nein, er nahm sich den Teil, den er brauchte, und nicht mehr. Er hatte getötet – aber zumindest später nur aus Notwehr. Es machte ihm nicht Spaß. Manchmal, zu Anfang, als es wieder einmal so weit war und er am Morgen danach erwachte, ekelte er sich vor sich selbst. Aber mit der Zeit stumpft man ab. Seiner Tochter würde es ebenso gehen. Er erreichte das Dorf, eine alte Frau auf einem Fahrrad kam ihm entgegen und grüßte. Auch er grüßte abwesend zurück. Die Oma war mindestens achtzig. – Eine junge Frau. Er lachte über seinen eigenen Witz. Irgendwie ging es immer weiter, irgendwie …

Zupko bereitete sich auf das Treffen mit der jungen Dame vor. Die Gedanken des Maklers waren für einen Mann seines Alters sehr interessant. Er schaute die Straße hinab, bis auf den kleinen Dorfplatz mit dem Brunnen. Gelächter drang aus einer Kneipe. Hier ließ es sich aushalten. Als er den Platz überquert hatte, bog er in eine kleine, von landwirtschaftlichen Fahrzeugen verschmutzte Gasse ein. Zwei Autos hatten nebeneinander gerade so Platz, und es gab keinen Gehweg. Es war wie immer, Zupko kam es vor, als wäre er schon oft hier gewesen. Das Wissen des Maklers war wie seine eigene Erinnerung. Die Gasse mündete auf eine breitere Straße. Dies hier war vor langer Zeit das gehobene Viertel gewesen. Hier standen Villen, im Stil derer, die er sich angesehen hatte. In seiner Blütezeit musste das Dorf sehr reizvoll gewesen sein. Er hatte in der Zeit um die Jahrhundertwende in ähnlichen Dörfern gelebt. Zupko dachte gern an diese Zeit zurück. Jetzt machten die Häuser eher den Eindruck, als versuchten ihre Besitzer, mit aller Kraft ihr Erbe zu erhalten. Der Asphalt, auf dem er ging, war an einigen Stellen aufgerissen, und darunter kam der alte Straßenbelag aus Pflastersteinen zum Vorschein. Zielstrebig bewegte er sich auf eines der Häuser zu, das fast am Ende der Straße stand. In diesem Moment flammte die Straßenbeleuchtung auf. Leise summend steigerte sie ihre Leuchtkraft bis zum Maximum. Sie erhellte ein wenig mehr die Vorgärten der an die Straße angrenzenden Häuser, als es die Abenddämmerung tat. Einer der Großbauern, die diese Gutshöfe bauten, war der Urgroßvater seiner Verkäuferin gewesen. Er war es auch, der, warum auch immer, außerhalb des Dorfes das Haus baute, für das er sich interessierte.

Zupko hatte das Ende der Straße erreicht und stand vor einem repräsentativen Vorgarten. Der Garten schmückte ein schönes Fachwerkhaus, es glich dem, das er sich angesehen hatte, äußerlich bis auf die Fenster und das Portal fast hundertprozentig. Er öffnete eine beinhohe Pforte, auf der ein Schild angebracht war mit der Aufschrift: Vorsicht bissiger Hund! Er ignorierte die Warnung, denn in seinem Leben war ihm noch nie ein Hund begegnet, der sich getraut hätte, ihn anzugreifen. Und sein Leben war länger als die Lebensspanne einer gesamten greisen Pkw-Besatzung. Die Hunde beschränkten sich darauf, ihn aus mehreren Metern Abstand ängstlich anzubellen, oder wenn es ein etwas mutigeres Exemplar war, fletschte das Vieh aus sicherer Entfernung die Zähne und knurrte unsicher. Er erreichte die Haustür. Auch sie glich der Tür des anderen Hauses, doch die kurze Treppe fehlte, sie hätte in diesem Gärtchen auch zu wuchtig gewirkt. Zupko sah keine Klingel, und so benutzte er den metallenen Klopfring. Es war das erste Mal seit sehr langer Zeit, dass er so ein Ding benutzte, aber es imponierte ihm. Zu einem Fachwerkhaus gehörte eben ein Klopfring und keine Klingel. Er dachte nach. Den Preis zu drücken würde einfach werden, und er wusste auch schon wie. Nach kurzer Zeit hörte er Schritte und die Tür wurde ein wenig geöffnet. Vor ihm stand eine junge Frau. Sie war attraktiv, aber vom Gesicht her eher durchschnittlich hübsch. Und sie war ungefähr in »seinem Alter«.

»Ja, bitte?« Sie sah ihn fragend an.«

»Mein Name ist Vladislav Zupko«, stellte er sich vor. »Ich nehme an, ich spreche mit Frau Rita Pohlmann?«

»Ja«, erwiderte sie knapp und abweisend.

»Ich habe mir heute mit Ihrem Makler das Haus angesehen, das Sie verkaufen wollen.«

»Ach, Sie sind der Interessent, von dem er heute am Telefon sprach, bitte kommen Sie doch herein!«, sagte sie, jetzt für Zupkos Empfinden etwas zu freundlich. Sie öffnete nun die Tür ganz, und er trat ein. Die Frau lächelte. Nachdem der Mann im Flur stand, führte sie ihn ins Wohnzimmer.

»Entschuldigen Sie, im ersten Moment dachte ich, Sie wären wieder irgend so ein Vertreter, in letzter Zeit laufen für meinen Geschmack ein wenig zu viel von diesen Herren hier rum. Setzen Sie sich doch.« Sie deutete auf eine bequeme Sitzgarnitur, die in der Mitte des großen Raumes stand. »Möchten Sie einen Kaffee?«

»Ja, gern. Milch, keinen Zucker, bitte«, gab er zurück.

»Moment«, sie drehte sich um, um den Raum zu verlassen, und sagte im Gehen: »Machen Sie es sich bequem, ich setze nur eben den Kaffee auf.«

Zupko sah sich im Wohnzimmer um, die Möbel waren zeitlos, und die Tapete gab dem Raum eine geschmackvolle dezente Note. Lange blickte er auf eine alte große Standuhr, ihr schweres monotones Ticken verlieh dem Zimmer trotz der stillosen Möbel einen angenehmen Hauch von altem herrschaftlichem Landadel. Nach einiger Zeit kehrte die Frau mit einem Tablett in den Händen zurück. Sie setzte sich ihm gegenüber und stellte Tassen und Kanne auf den Tisch. Zupko lächelte, doch der Ausdruck seiner Augen wurde unmerklich ein paar Grad kälter – er sammelte sich.

»Ich habe noch einige Kekse, möchten Sie?«

»Ich hätte nichts dagegen, wenn es Ihnen nichts ausmacht.«

Sie stand auf und ging hinüber zum Schrank. »Sie haben sich also mein Haus angesehen, und da Sie jetzt hier sind, nehme ich an, es hat Ihnen gefallen!« Sie öffnete das Barfach und griff nach einer kleinen Dose.

»Ein sehr hübsches Haus, ja«, bestätigte er und sprach unbewusst etwas langsamer. Er spannte seinen Körper an und machte sich bereit. »Wie hoch, sagten Sie, war der Kaufpreis?«, fragte er, und das war der richtige Augenblick. Schnell hob er den Blick, sah auf ihren Hinterkopf und stieß mental kurz zu. Einhunderttausend – diese Zahl stand ihm in grellen Ziffern vor den Augen, und er pflanzte sie in Bruchteilen einer Sekunde in das Gehirn der Frau.

Sie hielt inne in ihrer Bewegung, die Keksdose glitt ihr aus der Hand und fiel laut zurück in das Barfach. »Bin ich …«, sie brach ab, drehte sich zu ihm um und fragte leise, verwirrt: »Entschuldigen Sie, was sagten Sie gerade?«

»Ich fragte nach dem Kaufpreis.«

Sie sah über ihn hinweg aus dem Fenster. »Ich dachte an … einhundertfünfzigtausend.«

Zupko lächelte wieder. »Treffen wir uns bei einhundert und wir gehen morgen zum Notar«.

»In Ordnung, einhundert, ich leite alles in die Wege«, erwiderte sie.

»Fein, ich habe ein Zimmer im Gasthaus, Ihr Makler weiß Bescheid.« Er stand auf. »Ich muss jetzt leider gehen. Danke für den Kaffee.«

»Bitte, keine Ursache«, gab sie zerstreut zurück. Frau Pohlmann blickte auf die unberührte, dampfende Kaffeetasse. Sie war völlig verwirrt und wusste nicht einmal den Grund dafür. Auf jeden Fall war sie froh, dass der Mann gehen wollte. »Ich bringe Sie zur Haustür.«

Zupko blickte sie lächelnd an. »Ich wünsche Ihnen noch einen schönen Abend!«

»Ich Ihnen auch.« Sie öffnete die Tür und er trat nach draußen. Wortlos schloss die Frau hinter ihm den Hauseingang. Seltsamer Typ!, schoss es ihr durch den Kopf.

Zupko brauchte sich nicht umzudrehen, um zu wissen, dass sie die Gardine vor dem kleinen Türfensterchen ein Stück zur Seite schob und ihm nachsah. Er grinste, es war so einfach. Er hätte das Haus zu jedem anderen Preis haben können, aber weniger wäre zu auffällig gewesen. Und Aufsehen war das Letzte, was er brauchen konnte. Den Makler hätte er nicht so brutal anfassen brauchen, aber die Erfahrung hatte ihn gelehrt, dass man umso einfacher sein Ziel erreichte, je mehr Informationen man besaß. Morgen würde es sein Haus sein. Er nahm sich vor, im Gasthaus noch ein Bier zu trinken und mit den netten Nachbarn zu plaudern. Bevor er den Vorgarten verließ, schaute er nach links und rechts, er hatte es erwartet, ein Hund war nicht zu sehen. Fast lautlos fiel die Pforte ins Schloss.

»Sie haben was getan??« Der Makler sah sie an, als könne er nicht glauben, was er eben gehört hatte, und genau das tat er auch nicht.

Frau Pohlmann saß im Büro des Grundstückverkäufers und fragte sich eigentlich selber, wie sie auf diese dumme Idee gekommen war. »Ich habe mit ihm einen Kaufpreis von einhunderttausend vereinbart.«

»Weshalb haben Sie mich dann überhaupt beauftragt? – Ich meine, ich hätte bestimmt hunderttausend Euro mehr rausgeschlagen.« Der Makler war verständlicherweise etwas aufgebracht, ihm waren nicht nur um die dreieinhalbtausend Euro durch die Lappen gegangen, sondern er fühlte sich auch irgendwie hintergangen. Was soll's?, dachte er und fand sich damit ab. »Es ist Ihr Haus, Sie müssen wissen, was es Ihnen wert ist.«

»Ich glaubte, es wäre unverschämt, mehr zu verlangen, die anfallenden Renovierungsarbeiten sind ja wohl nicht zu übersehen!« Frau Pohlmann wurde nun auch sauer, aber sie fragte sich, ob es ihretwegen oder wegen des Maklers war. Auf jeden

Fall waren die Reparaturarbeiten ihr Argument, um die Sache vor sich selber zu rechtfertigen.

Der Makler sah sie unverständlich an. »Die anfallenden Arbeiten sind eigentlich nur Schönheitsreparaturen! – Egal«, er hob die Stirn und griff zum Telefonhörer. »Ich werde für heute Nachmittag einen Termin beim Notar vereinbaren.«

Während er wählte, dachte sie wieder an den eigenartigen Käufer. Irgendwas an ihm war im höchsten Maße seltsam. Er strahlte eine innere Ruhe aus, aber nicht in der Form, wie selbstbewusste Leute es tun, nein, sie hatte das Gefühl, als hätte sie gestern ihre Gedanken, wie ein Pokerspieler seine Karten, offen vor ihm auf dem Tisch ausgebreitet. Einen Moment grübelte sie noch über diesem Gedanken. Dann schüttelte sie unmerklich den Kopf. Quatsch, absoluter Quatsch, dachte sie. Wahrscheinlich kam es nur daher, weil er ihr etwas zu lange für einen Fremden direkt in die Augen gesehen hatte. Nicht wie ein Mann, der interessiert an ihr war, sondern unangenehm durchdringend.

Das Lachen des Notars riss sie aus ihren Überlegungen und sie tat alles als pure Einbildung ab. Vielleicht hatte er schon an der Haustür gesehen, dass es ihr nicht so gut ging. Ich sah schon blass aus, noch bevor ich irgendwas merkte, das war es wohl.

»Heute Nachmittag, 15.30 Uhr, ja wir werden pünktlich sein!« Es war nicht zu überhören, dass der Makler den Notar privat gut kannte. Sie unterhielten sich über das neue Auto, das der Makler vor Kurzem gekauft hatte. Und wie zufrieden er damit sei. Entspannt zurückgelehnt saß er in seinem protzigen Chefsessel. Wenig später verabschiedete er sich von dem Mann am anderen Ende der Leitung. Der Vermittler lehnte sich nach vorn, faltete die Hände auf der Tischplatte und sah sie an. »Tja, Ihr Haus ist so gut wie verkauft.« Er lächelte. »Eine Kleinigkeit wäre da noch: Sie sind sich doch einig, dass der Kauf über mich zustande kam?«

Sie schmunzelte: »Ja, natürlich!«

Dem Makler fiel ein Stein vom Herzen. Er hatte seine Provision schon fast abgeschrieben. Lächelnd erhob er sich und blickte sie an. »Ich bringe Sie noch zur Tür!«

Sie stand ebenfalls auf und ging gemeinsam mit dem Makler Richtung Bürotür.

Er hatte die Tür schon einen Spalt geöffnet, doch dann zögerte er einen Moment. »Eine Frage habe ich noch, wenn sie erlauben: warum nur einhunderttausend? Wir haben doch ein Gutachten.«

Sie blickte zu Boden, überlegte kurz und versuchte, einen guten Grund zu finden, was ihr nicht gelang. Dann schaute sie ihn an, zuckte mit den Schultern und lächelte ein wenig übertrieben, als sie erklärte: »Ich …, ich fand den Preis – vernünftig. Bis heute Nachmittag.« Sie verließ das Büro.

Der Makler dachte einen Moment nach, dann legte er die Stirn in Falten, ging zurück zum Schreibtisch und setzte sich. Er zuckte mit den Schultern und grinste, als er sich über den Schreibtisch beugte und die Gegensprechanlage einschaltete. »Fräulein Klein? Hat Frau Pohlmann das Vorzimmer schon verlassen?«

»Gerade eben, soll ich sie zurückholen?«

»Nein, nicht nötig, verschaffen Sie mir in Zukunft bitte einträglichere Kunden.« Er wartete ihre Antwort nicht ab und tastete das Gerät aus.

Heute war ein Tag, an dem niemand alles so richtig verstand – und warum zum Teufel sollte es seiner Sekretärin besser gehen als ihm?

Der Makler sammelte sich kurz, sah in sein Notizbuch, und nachdem er die richtige Seite aufgeschlagen hatte, griff er zum Telefonhörer, wünschte sich viel Glück und vereinbarte mit seinem nächsten Kunden einen Termin.

EINZUG

Es war das übliche Umzugschaos, das über das alte ehrwürdige Haus hereinbrach, als die Möbelpacker den Inhalt des ersten Lkws im Haus verteilten. Es nervte ihn zwar gewaltig, aber irgendwie machte es ihm auch in gewisser Weise jedes Mal wieder Spaß.

»Die Bilder bitte alle in die Bibliothek.« Zupko deutete mit dem Zeigefinger Richtung Büchersaal.

»Wissen wir«, antwortete einer der Packer angestrengt und fügte noch hinzu: »Und wir machen auch nichts kaputt.«

»Ist doch selbstverständlich«, entgegnete der neue Eigentümer des Hauses.

Einer der Männer von der Spedition murmelte noch etwas von der Standardfrage, der man nur hätte zuvorkommen wollen, während sie die sperrigen Pakete behutsam die breite Treppe hochschleppten.

»Tja, alle paar Jahre dieselbe Prozedur, aber der einzige Weg, um nicht aufzufallen.« Er sah auf die Uhr, noch ein paar Stunden und er würde seine Tochter wiedersehen. Vier Monate sind eine verdammt lange Zeit, wenn man zu warten hat; selbst für jemanden, der mehr Zeit zur Verfügung hat. Eigentlich war es fast ein wenig riskant, sie in ihrem Alter so lange unbeaufsichtigt zu lassen. Aber sie musste die Schule beenden, um ein »normales« Leben führen zu können. Oder besser, um unauffällig in der Masse zu verschwinden. Aber jetzt begannen die Sommerferien, und so hatte er sie zumindest vorerst ein wenig für sich. Er fragte sich zum hundertsten Mal, was für ein Leben sie geführt hätte, wenn ihre Mutter noch leben würde. Er hatte schwere Schuldgefühle gegenüber seiner Tochter. Zupko machte sich voll dafür verantwortlich, dass seine Frau nicht mehr lebte.

Er hatte sich die letzten hundert Jahre als Kunsthändler durchgeschlagen. Und es war reibungslos gelaufen. Eigentlich fast zu perfekt. Dann kam die Sache mit seiner Frau vor ungefähr vierzehn Jahren.

Dieses Jahrhundert ist völlig desillusioniert, kein Aberglaube, hinter dem er sich so gut tarnen konnte. Der Typ, der sie getötet hatte, dachte ernsthaft, er hätte durch Zufall ein auf irgendeine unverständliche Art perverses Paar gestellt. Das, was sie umgebracht hatte, hätte er höchstwahrscheinlich überlebt. Aber sie war nicht wie er. Er hatte Glück, und manchmal verfluchte er Fortuna dafür. Sie war eine der Frauen, die ihn trotzdem liebte, obwohl sie das, was in den Vollmondnächten passierte, nicht verstand. So hart das klang, aber er machte sich klar, dass es vielleicht eine positive Seite hatte, dass sie früh starb. In seiner Tochter verblassten die Erinnerungen an sie, denn Jasmin war damals noch zu klein. Und was entscheidender war, er und seine Tochter wären nicht mit ihr gealtert.

Es war eine harte Zeit, er musste das erste Mal nicht nur sich selbst durchbringen, sondern auch ein kleines Kind. Zudem hatte er alles verloren. Er war reich, nicht so reich, eher unauffällig reich. Doch nach der Flucht hatte er nichts mehr, außer seinem Notgroschen und natürlich die Hilfe der »Familie«. Ein simples Gefühl riss ihn aus seinen Überlegungen. Hunger.

»Ich gehe in die Stadt, in knapp zwei Stunden bin ich wieder da. Solltet ihr etwas finden, wo nicht draufsteht, wo es hinsoll, stellt den Kasten einfach ins Kaminzimmer.« Er nickte dem Vorarbeiter zu, verließ sein Haus und stieg in den Wagen. Ein Gärtner, ich brauche unbedingt einen Gärtner, war das Letzte, was er dachte, bevor er das Anwesen verließ.

Er hatte seine Habe, sein Mobiliar endlich wieder unter einem Dach und das Organisatorische größtenteils erledigt.

Jetzt stand er in Kiel, dem nächstgrößeren Ort, am Bahnhof und wartete auf die Einfahrt des Zuges. Aber wie so oft in der Ferienzeit hatte der Schnellzug auch heute ein wenig Verspätung. Um seine Ungeduld zu zügeln, sagte Zupko sich, dass er Zeiten erlebt hatte, in denen Verspätungen nicht in Minuten, sondern in Tagen gezählt wurden. Der Lautsprecher gab bekannt, dass er noch an die dreißig Minuten Zeit hatte. Und so machte er sich auf, um noch schnell zwei chinesische Gerichte zu besorgen. Eigentlich stand er nicht allzu sehr auf asiatische Küche, aber Jasmin war verrückt danach. Er hatte mal gelesen, dass Chinesen sogar Hunde aßen, widerlicher Gedanke – ob seine Tochter das auch wusste?

Gerade zu dem Zeitpunkt, als die Bremsen des Zuges hell durch die Halle kreischten, schaffte er es, auf dem Bahnsteig zu sein. Zupko stand parallel zum ersten Waggon und blickte den Bahnsteig entlang des Zuges hinab. Aber er suchte sie im Schwarm der aussteigenden Fahrgäste vergeblich, auch 1,86 Meter schafften es nicht, über den Schwall Menschen hinwegzusehen.

»Papa.« Sie stand praktisch vor ihm, das war das altbekannte Phänomen, was ihm aber erst auf der Rückfahrt einfiel. In der Art wie: Erst der letzte Schlüssel am Bund passt ins Schloss.

»Jasmin, endlich!« Er schloss sie in die Arme. »Wie war die Fahrt?«

»Voll nervig, reicht das?« Lächelnd sah sie zu ihm hoch.

»Vergiss es, ich muss dir unser Haus zeigen. Und außerdem habe ich eine Überraschung im Wagen.«

»Was denn?« Sie sah ihn erwartungsvoll an.

»Na gut, ich werde es dir verraten.« Zupko nahm die Koffer, und während sie sich in Bewegung setzten, sagte er: »Eine Menge chinesischen Fraß für uns. Aber ich denke, wenn wir zu Hause sind, wird die Mikrowelle bestimmt einen Haufen Arbeit haben.«

Die Speditionsfirma beendete gerade ihre Arbeit, als sie nach Hause kamen. Zupko redete mit dem Vorarbeiter und unterschrieb noch die Empfangsbestätigung, während Jasmin neugierig das Haus inspizierte. Nachdem die Männer gegangen waren, zündete er trotz der sommerlichen Wärme draußen den Kamin an. Einen Kamin hatte er in der Wohnung bei München am meisten vermisst. Zupko kramte aus einer der Kisten ein großes Fell, breitete es vor dem Kamin aus und setzte sich darauf. Nach einiger Zeit kam seine Tochter und legte sich neben ihn.

»Und wie findest du es?« Erwartungsvoll schaute er sie an. »Ich warne dich, nur positive Kritik!«

Sie lachte. »Es ist echt super, ehrlich!«

Liebevoll blickte er sie an, dann sah ihr Vater wieder in die Flammen. »Gut, zur Belohnung sollst du jetzt auch dein Essen haben.« Er stand auf, um die Gerichte aufzuwärmen.«

Die Möbel standen zwar kreuz und quer und um sie herum türmten sich Dutzende Kartons unterschiedlichster Größe, aber das Kaminfeuer schaffte es trotzdem, oder vielleicht auch gerade deswegen, dem großen Raum eine gemütliche Atmosphäre zu verleihen. Eine Umgebung, die wie er meinte, nicht hätte besser sein können für die Frage, die er seiner Tochter stellen wollte. Wortlos saßen sie nebeneinander und genossen das Essen, während sie hin und wieder in das knisternde Kaminfeuer sahen.

Nach einiger Zeit blickte er sie von der Seite aus an. »Und wie lief es so in den letzten vier Monaten?«

»Ziemlich gut, ich meine, ich war viel mit Freunden unterwegs, verstehst du?«

Die Frage, wie es in der Schule lief, konnte er sich sparen, denn bis auf einige Ausrutscher war sie all die Jahre eine

Musterschülerin gewesen. Deswegen formulierte er seine Frage auch allgemein. Doch Jasmins Vater verstand auch die versteckte Anklage, die in ihrer Antwort lag.

»Du bist sauer, oder?« Er sah geradeaus in das Feuer; denn eigentlich war ihm klar, was jetzt kam – kommen musste –, und er konnte es absolut verstehen.

»Tut mir leid, Papa, aber was erwartest du von mir? Ich meine, ich habe mein ganzes Leben in einer großen Stadt gewohnt. Ich liebe den Trubel und ich hatte meine Clique. Und plötzlich erwartest du von mir, dass ich das alles aufgebe und mit dir in dieses Kuhkaff fern von allem ziehe!«

»Na, übertreib nicht, es ist ja nur vorübergehend.« Zupko musste aufpassen, um dem Gespräch keine gefährliche Wendung zu geben. Für die Wahrheit war es zu früh, sie würde ihn mit Sicherheit für verrückt erklären. Und, was noch schlimmer war, er würde seinen gesamten Vorrat an töchterlichem Vaterrespekt bei ihr verspielen.

»Bis was vorübergeht?«, fragte sie stirnrunzelnd »und wie lange wird es dauern?«

Zupko beschloss, ihre Frage vorsichtshalber zu übergehen. »Ich will dich nirgends rausreißen. Du bist jetzt sechzehn, du machst die Schule zu Ende und gehst dann studieren.« Ihr Vater zuckte mit den Schultern. »Von mir aus kannst du auch in München bleiben, ich dachte nur, dass du es begrüßen würdest, ein eigenes Zimmer zu haben.« Er überlegte kurz, bevor er fortfuhr: »Jetzt hast du ja erst einmal Ferien, und ich hoffe, sechs Wochen werden genügen, um den Ort und seine Umgebung zu beschnuppern. Und solltest du dich entschließen, hierzubleiben, kannst du ja auch öfter runterfahren. – Ich werde geschäftlich sowieso sehr oft dort sein.«

»Eigentlich gefällt es mir hier ja, aber warum hast du in diesem Nest gekauft und nicht in Hamburg oder Kiel?«

»Ich wollte aufs Land. Ich habe lange genug in einer großen Stadt gewohnt. Außerdem habe ich hier auch ein größeres Atelier.« Er grinste, als er weitersprach.« So weit weg von allem sind wir auch nicht, knappe sieben Kilometer bis Kiel; und stell dir vor, hier fährt sogar ein Bus!«

»Du bist blöd, Papa!«

Sie lachten.

»Na ja, das Essen war jedenfalls gut.« Und nach einer Weile fügte sie lächelnd hinzu: »Ich hoffe nur, der Bus kommt öfter als einmal die Woche!«

»Na komm! Sei wieder lieb, Maus!« Er legte den Arm um ihre Schulter, und sie saßen ein paar Minuten einfach so da und sahen in das Feuer. Dann stand Zupko auf, um die Pappteller zu entsorgen.

»Möchtest du noch was trinken?«

Jasmin schüttelte den Kopf. »Nein danke, ich glaube ich gehe mich waschen. Ich bin tierisch müde.«

Ihr Vater nickte. Wenigstens brauche ich nicht abzuwaschen, dachte er, als er die Teller in den Küchenmülleimer warf. Man kann sich an chinesische Küche gewöhnen! Er knipste das Licht aus und ging zurück in das Wohnzimmer. Zupko legte noch Holz in das Feuer und die Flammen frischten auf. »Endlich wieder einen Kamin!« Er suchte in den Kartons nach der Bourbonflasche und einem Glas. Dann setzte er sich wieder vor das Feuer und goss sich nachdenklich ein wenig Whisky ein.

»Papa, kommst du bitte mal nach oben?«, hörte er Jasmin rufen.

Zupko seufzte und stellte das Glas zur Seite. »Ich denke, das habe ich nicht vermisst!« Er ging nach oben und klopfte an die Badezimmertür.

»Maus?« Er horchte. »Jasmin!«, versuchte er noch einmal.

Leise rauschte die Dusche hinter der Tür. Er wollte es gerade noch einmal versuchen, als sie das Badezimmer aufschloss.

»Entschuldige, Paps.« Sie stand in ihrem Bademantel vor im und rieb sich mit einem Handtuch die langen dunklen Haare trocken. »Da kam minutenlang nur braunes Wasser aus der Leitung, ist schon in Ordnung, danke.« Sie küsste ihn auf die Wange. »Gute Nacht, tust du mir noch einen Gefallen?«

»Was denn?« Ihr Vater schaute sich suchend im Bad um.

»Nein, nicht hier.« Sie sah ihn leicht verschämt an. »Ich möchte, dass du in meinem Zimmer nach Mäusen und anderem widerlichem Viehzeug guckst.«

Er musste unwillkürlich grinsen. »Ehrlich?«

Sie sah ihm fest in die Augen. »Ich meine das todernst, oder ich fahre gleich wieder ab!«

»Okay, was tut man nicht alles für seine kleine Tochter!«

Sie stand in der Tür und sah zu, wie er auf allen vieren über den Fußboden kroch.

Wie in alten Tagen, schoss es ihm durch den Kopf. Er erklärte das Zimmer für ungezieferfrei und wünschte ihr noch eine gute Nacht. Während er die Tür zuzog, wies er sie darauf hin, dass sein Schlafzimmer gleich gegenüber sei. »Nur für den Fall, dass dich doch noch so ein ekelhaftes Ding belästigt.« Zupko bemühte sich, ernst zu bleiben, konnte sich aber ein leichtes Lächeln im Mundwinkel nicht verkneifen.

»Danke, schlaf gut, Paps!«

Er nickte und schloss die Tür.

Die nächsten Tage verliefen so, wie alle Tage nach einem Umzug verlaufen. Sie säuberte das Haus und er richtete, ihren Rat befolgend, die Räume ein. Er genoss es, wieder mit seiner Tochter zusammen zu sein. Sie hatten viel zu tun und abends grillten sie angenehm erschöpft im Garten. Die Vollmondwoche rückte näher, und Zupko überlegte, ob er sich diesmal nicht Tiere gönnen sollte. Aber tierisches Blut war nicht so wie menschliches, irgendwas fehlte ihm. Er brauchte mehr, und es befriedigte ihn nicht in dem Maße. Nachdem er »menschlich« getrunken hatte, konnte er zwei Nächte durchschlafen. Außerdem wusste sein Körper, was gut war, und so zog es ihn dahin, wo es qualitativ höherwertige »Drinks« gab.

Zupko beobachtete seine Tochter genau und suchte nach Vorzeichen. Üblicherweise fing alles damit an, dass man unruhig schlief, morgens völlig fertig aufwachte und den ganzen Tag über Jap auf irgendwas hatte, aber sich nicht erklären konnte, auf was, bis dann, eines Nachts bei Vollmond, das Verlangen zum Wahnsinn ausartete.

Eine Woche verging, ohne das irgendwas passiert wäre, das er als Indiz für Jasmins »Umwandlung« gedeutet hätte. Und doch hatte er das Gefühl, dass sich gleich einem Unwetter etwas Machtvolles über seiner Tochter zusammenbraute. Etwas war anders, aber er wusste noch nicht, was. Dann wurde sehr schnell immer deutlicher, dass etwas mit ihr nicht stimmte.

»Du siehst mitgenommen aus, Maus. Was ist los?«

Sie saß zusammengekauert und blass auf der Küchenbank, während er das Frühstück zubereitete. Jasmin sah ihn aus übermüdeten Augen an und antwortete: »Ich weiß nicht, ich habe höllische Kopfschmerzen. Außerdem habe ich die halbe Nacht nicht geschlafen. Die haben um ein Uhr nachts ein echt beschissenes Fernsehprogramm.«

Ihr Vater sah sie aus dem Augenwinkel an, während er einige Eier in die Pfanne schlug. »Du wirst doch wohl nicht krank werden, denk dran, dass du Ferien hast!«

Sie lächelte matt. »Witzig, Papa, echt witzig!«

»Hör zu, ich mache dir jetzt das beste Frühstück, das du seit Langem gegessen hast – wird mir wahrscheinlich nicht schwerfallen, du bist ja an Internatsessen gewöhnt. Dann legst du dich mit einem guten Buch in die Badewanne und gehst dann bis heute Abend schlafen, in Ordnung?« Er grinste und fügte hinzu: »Es fällt mir zwar schwer, das zu sagen, aber ich glaube, ich werde mit dem Haushalt auch allein fertig.«

Jasmin schaute auf und blickte ihn abschätzend an: »Du versuchst, mich mit aller Kraft zu überreden, hierzubleiben, was?«

Ihr Vater nickte und erwiderte halb ernst: »Ja genau, wie hast du das rausgefunden?« Zupko stellte ihr die Rühreier und den Kakao auf den Tisch.

Sie nahm die vorbereitete Gabel und stocherte lustlos in ihrem Essen.

Er setzte sich zu ihr und sah einige Minuten zu. Dann fragte er: »Das war noch nicht alles, oder?«

Seine Tochter schaute von ihrem Teller hoch.« Ich hatte letzte Nacht einen absolut fiesen Traum, aber ich kann mich nicht mehr an ihn erinnern. Ich bin plötzlich aufgewacht und war kurz vor einem Panikanfall, bis ich erkannt hatte, wo ich war. Hinterher konnte ich nicht mehr einschlafen.«

In Zupkos Kopf schrillten die Alarmglocken, seine schwammige Vermutung wurde vielleicht bestätigt, und er fragte unwillkürlich ernst: »Hattest du das schon öfter?«

Sie nickte: »Letzten Monat, ja. Ich habe wohl so geschrien, dass Manuela mich geweckt hat.«

»Manuela?«, fragte er.

»Ja, habe ich dir doch erzählt, das ist meine neue Zimmergefährtin. – Entschuldige, Papa«, sie legte die Gabel auf den Teller, »aber ich kriege keinen Bissen runter! Ich glaube, ich gehe gleich ins Bett.«

»Ist schon in Ordnung, geh ruhig. Ich habe noch nichts gegessen, und du weißt doch, ich stehe auf kalte Rühreier«, sagte er grinsend.

Jasmin stand auf und verließ die Küche. Als er die Treppen hörte, warf er die Rühreier in den Mülleimer. Ihm war der Appetit vergangen. »Der Tanz beginnt!«, murmelte er leise. Er wusch noch schnell ab, heute wartete noch eine Menge Arbeit auf ihn.

Den ganzen Tag bekam er seine Tochter nicht zu Gesicht. Und das war ihm auch recht so. Denn die meiste Zeit verbrachte er damit, einen Kellerraum für sie vorzubereiten. Zupko fühlte sich miserabel bei dem Gedanken, seine Tochter hier unten einschließen zu müssen, aber er hatte keine andere Wahl. In der Familie wurde erzählt, dass einige die Umwandlung nicht überlebt hätten, nicht weil sie an den Folgen gestorben wären, sondern weil sie damit nicht fertig wurden. Sie schlitzten sich die Schlagadern auf, um an Blut zu kommen, und verbluteten dabei, oder sie töteten sich, weil sie psychisch nicht in der Lage waren, sich zu ernähren. Und so tat er das, was seit ewig in der Familie praktiziert wurde. Er richtete einen Raum her, der außer Matratzen und Decken auf dem Boden nichts als kahle Wände und einer fest verschraubten Lampe enthielt.

Noch zwei Tage, bis der Mond wieder vollkommen rund am Himmel stand. Zupko brauchte keinen Kalender, um zu wissen, wann es wieder so weit war. Auch er merkte die altbekannte Unruhe in sich. Teils, weil langsam was auch immer in ihm erwachte, aber genauso auch aus Sorge um seine Tochter. Der Tag neigte sich seinem Ende zu und Zupko zündete wieder den Kamin an, nur noch, und das wusste er, um einige ruhige Stunden zu haben. Außerdem mochte er eben diese entspannende Lagerfeuerromantik.

Irgendwann später am Abend setzte sich Jasmin zu ihm.

»Ich habe den ganzen Tag geschlafen, aber ich bin immer noch fertig«, sagte sie ausdruckslos, und starrte abwesend in die Flammen.

»Ich weiß!«, erwiderte er. »Möchtest du etwas zu trinken?«
Sie verneinte. »Mir ist schrecklich kalt.« Sie rückte näher an ihren Vater heran, und er legte seinen Arm um ihre Schulter. Einige Minuten saßen sie schweigend nebeneinander, dann begann Jasmin leise, fast wie zu sich selbst, zu reden: »Diese Träume, ich habe heute auch geträumt. Nicht so wie gestern, aber es war eigentlich trotzdem genug. Woher kann das kommen, ich habe doch vorher geschlafen wie ein Baby?«

»Ich weiß nicht«, log er. »Vielleicht hat es mit der neuen Umgebung zu tun.« Er wusste, dass es nur noch diese Nacht war, die halbwegs ruhig zugehen würde, morgen würde es losgehen bei ihr – und bei ihm. »Hör zu, ich bringe dich wieder ins Bett. Und wärst du noch ein paar Jahre jünger, würde ich dir noch eine Geschichte vorlesen.«

»Verschone mich bitte.« Sie lächelte.

»Na komm!« Zupko stand mit ihr auf und sie gingen nach oben.

Jasmin legte sich in ihr Bett, und als er sie zudeckte, schloss sie die Augen und schlief sofort ein.

Zupko setzte sich noch ein wenig vor den Kamin, bis auch er Müdigkeit verspürte und ins Bett ging. Mitten in der Nacht schreckte er auf und wusste zuerst nicht, was ihn geweckt hatte. Dann hörte er ihre Schreie, schrill und nahezu hysterisch. Er sprang auf und lief hinüber zu ihrem Zimmer. Als er das Licht anknipste, sah er sie schweißgebadet und mit tränenüberströmtem Gesicht aufrecht im Bett sitzen. Die Augen weit aufgerissen.

»Jasmin!« Zupko setzte sich auf ihr Bett. »Jasmin!«, versuchte er es noch einmal, doch sie reagierte nicht.

Das Mädchen stierte völlig apathisch an die Zimmerwand. Er packte sie an den Schultern und schüttelte sie grob. Das hatte Erfolg. Langsam schien seine Tochter zu sich zu kommen. Dann sah sie ihn an. Zupko brauchte sie nichts zu fragen.

Jasmin erzählte von sich aus: »Tausend Stimmen, alle durcheinander, und dann wollte irgendwas nach mir greifen! Ich habe nichts verstanden, aber ich hatte Angst.« Sie fing an zu weinen. »Ich kann nicht mehr in diesem Zimmer schlafen, ich glaube, hier ist was Schreckliches passiert. Ich habe davon gelesen. Es soll Leute geben, die merken, wenn sie an einem Ort sind, an dem sich zum Beispiel jemand umgebracht hat!«

»Ach komm!« Er streichelte ihr über das Haar. »Du glaubst doch wohl solchen Mist nicht, oder? Aber wie auch immer, nimm dein Bettzeug. Heute kannst du bei mir schlafen. Aber nur heute! Und morgen sieht die Welt wieder ganz anders aus.« Das wird sie auch, dachte er, als sie an ihm vorbei zur Tür ging, fragt sich nur, wie …« Er löschte das Licht und folgte ihr in sein Schlafzimmer.

Zupko hatte einen leichten Schlaf, und so wurde er mehrfach wach, weil seine Tochter unverständlich im Schlaf redete und sich oft unruhig von einer Seite auf die andere drehte. Als der Morgen graute, wurde sie endlich ruhiger und schlief tief ein; gegen halb zehn wachte sie auf und ging ins Badezimmer. Ihr war schwindelig, seit zwei Tagen hatte sie nichts mehr gegessen, und deshalb nahm sie sich vor, wenigstens zu frühstücken. Egal, was danach passierte.

»Es wird Zeit, zum Arzt zu gehen.« Jasmin überlegte, wo ihr Vater die Hausapotheke eingerichtet haben könnte, während sie den Wasserhahn aufdrehte. Irgendwo sollte eigentlich ein Fieberthermometer rumliegen. Jetzt erst blickte sie in den Spiegel und erschrak dabei. Sie sah aus wie eine Tote, und das war nicht übertrieben. Der Spiegel zeigte ein leichenblasses Gesicht, ihre Augen waren dunkel umrandet und lagen tief in den Höhlen. Ihre sonst so vollen Lippen hoben sich farblich fast überhaupt nicht vom Rest ihres Gesichtes ab. Einen Moment starrte sie fassungslos auf diese von strähnigem Haar umsäumte Fremde, dann stürzte sie, ohne das Wasser abzustellen, aus dem Bad und lief in das Erdgeschoss.

»Papa?« Er antwortete ihr nicht. »Papa!« Sie riss alle Türen auf, doch ihr Vater war nirgends zu sehen. Jasmin rannte nach draußen und sah ihn gerade die Auffahrt zum Haus hochfahren. Sie lief ihm entgegen, ihr Vater bremste scharf und stieg aus.

»Wie siehst du denn aus?«

Sie fiel ihm in die Arme. »Fahr mich zum Arzt!«

»Hey, ist ja gut!« Er streichelte ihren Rücken. »Wird wahrscheinlich nur eine Grippe sein«, versuchte er sie zu beruhigen.

Sie zitterte und schmiegte sich an ihn.

»Komm erst mal kurz ins Haus, und zieh dir was anderes an! Du willst doch wohl nicht im Nachthemd in die Stadt, oder?«

Zupko »sorgte« dafür, dass seine Tochter gleich durchgehen konnte. Jasmin saß auf der Liege und der alte sympathische Herr mit einer etwas aus der Mode gekommenen Brille führte eine Routineuntersuchung durch.

»Tief durchatmen! So, noch einmal, bitte!« Der Doktor hörte stirnrunzelnd ihren Rücken und ihre Brust ab. »Sie können sich wieder anziehen.« Er sah sie besorgt, aber keineswegs so an, als hätte er konkrete Hinweise auf irgendeine Krankheit oder Infektion entdecken können, als er seine Untersuchung beendet hatte. Während sie sich wieder ankleidete, nahm der Arzt hinter seinem Schreibtisch Platz, wechselte die Brille und schrieb ein Rezept aus. Dann sah er sie nachdenklich an. »Ich werde Sie noch in das Labor schicken, nach einer Grippe sehen Sie mir nicht aus. Wir werden noch einen

Bluttest machen. Sieht aus, als hätten wir da unser Problem. Ihr Blutdruck ist etwas zu niedrig, aber in Ihrem Alter kann das schon mal vorkommen. Bis der Test durch ist, verschreibe ich Ihnen noch ein Eisenpräparat. Ich denke, wir sollten uns übermorgen wiedersehen, dann wissen wir es genau. Setzen Sie sich bitte noch einen Moment in das Wartezimmer, Sie werden bald noch einmal aufgerufen.« Er lächelte sie an, als sie den Raum verließ.

Für einen Eisenmangel etwas zu schnell, dachte er. Na, wir werden sehen. Nachdenklich rieb er sich mit den Fingern über die Lippen. »Der Nächste bitte!«

»Fräulein Zupko?, kommen Sie bitte mit!« Sie folgte der Arzthelferin in das kleine Laborzimmer. »Sie sind das erste Mal bei uns, nicht?«, fragte sie, als sie die Kanüle vorbereitete.

Jasmin nickte.

»Legen Sie bitte Ihren linken Arm hier drauf.«

Jasmin legte ihren Arm auf die Armlehne des Stuhls, auf dem sie saß.

»Das pikst jetzt ein wenig, ganz locker lassen!« Die Arzthelferin suchte kurz die Vene und stieß dann geübt die Hohlnadel in die Ader. Das Blut spritzte als feiner pulsierender Strahl aus der Kanüle und ergoss sich über das Tuch, das die Arzthelferin über ihren Arm gelegt hatte. Jasmin kannte die Prozedur, und so blickte sie desinteressiert vor sich auf den Boden. Doch plötzlich ruckte sie abrupt mit dem Kopf herum, weitete die Augen und starrte gebannt auf das austretende Blut, das sich in das Tuch sog. Die Schwester setzte ein Fläschchen nach dem anderen auf die Kanüle und der Blick des Mädchens heftete sich an die sich schnell füllenden Gläser. Jasmin hob ihren anderen Arm und griff langsam und abwesend nach dem Tuch, das auf ihrem Arm lag.

»Was machen Sie denn da?«

Jasmin hörte die Frage nicht, sie dachte eigentlich überhaupt nicht. Einzig bemerkte sie den etwas süßlichen Geruch, den das Tuch verbreitete. – Ein wunderbarer Geruch, der ihr vorher nie aufgefallen war. Intuitiv zog sie das Tuch vom Arm.

»Herrgott, Mädchen, lassen Sie das!« Die Arzthelferin sah erschreckt, wie sich die junge Frau den Lappen vor die Nase presste. Den linken Arm immer noch ruhig haltend, schloss Jasmin die Augen und inhalierte tief diesen herrlichen Duft frischen Blutes. Dann öffnete sie unbemerkt hinter dem Stoff ihre Lippen und saugte das Tuch in den Mund, um mehr von dem Zeug zu bekommen. Der Geschmack verwirrte und benebelte ihre Sinne. Sie vergaß alles um sich herum.

Endlich wurde es der Schwester zu viel. Sie riss dem Mädchen den Lappen weg und sah schockiert etwas, was wie eine Szene aus einem Horrorfilm aussah. Ein leichenblasses Mädchen, das mit leicht blutverschmiertem, halb geöffnetem Mund dasaß und abwesend vor sich hin stierte. Dann schien wieder Leben in die Person zu kommen. Der leere Blick wich aus Jasmins Augen und sie starrte einen Moment wutentbrannt die völlig schockierte Schwester an. Aber so plötzlich, wie sich dieser Tobsuchtsanfall aufzubauen schien, war er auch schon wieder verschwunden. Der Blick des Mädchens normalisierte sich von einer Sekunde zur anderen.

Und nachdem sie die Arzthelferin einen Augenblick lang angesehen hatte, stammelte sie: »Ent-entschuldigen Sie!« Sie suchte nach Worten, dann kam ihr der rettende Einfall. »Mir …, es wurde mir auf einmal so übel.«

»Das verstehe ich doch, Kleines, hin und wieder passiert das hier in diesem Raum, ich hätte dir auch eine Schale geben können.« Zweifelnd sah sie das Mädchen an. »Wir sind auch schon fertig!« Sie zog die Kanüle aus der Vene. »Hier, drück das eine Weile da drauf.« Die Arzthelferin reichte ihr ein Stück Verbandsstoff. Insgeheim befürchtete sie, dass sich dieses unheimliche Schauspiel wiederholen würde. Doch es passierte nichts. »Geht's wieder?« Fragend und ein wenig unsicher schaute die Schwester dieses eigenartige Mädchen an.

»Ja«, war Jasmins kurze Antwort.

»Gut, dann hol dir an der Anmeldung noch einen Termin für übermorgen.« Sie blickte Jasmin kurz an, ging dann zum Waschbecken, befeuchtete ein Tuch und reichte es ihr. »Hier, wisch dir den Mund ab, bevor du gehst!«

Jasmin nahm das Tuch, säuberte sich das Gesicht, und nachdem sie den Lappen zurückgegeben hatte, verließ sie wortlos das Labor. Die Arzthelferin schaute ihr nach, wie sie die Tür zum Labor hinter sich schloss. Es war plötzlich unheimlich ruhig. Sie hörte nur die Zeitschaltuhr eines der Geräte leise ticken. Gedankenversunken schaute sie aus dem Fenster, nach einiger Zeit löste sie sich aus ihrer Starre, blickte auf ihre Uhr und sagte zu sich selbst: »Also heute habe ich mir den Feierabend mehr als verdient.«

Zupko saß in seinem Auto und entspannte sich bei klassischer Musik, als er seine Tochter langsam zum Wagen kommen sah; eine kleine Besonderheit gab es, die ihm verriet, dass sie es auch in sich trug. – Er war nicht in der Lage, ihre Gedanken zu lesen; und nur diese Tatsache hätte ihm verraten, dass sie zur Familie gehörte, wäre sie nicht seine Tochter gewesen. Ohne ihn anzusehen, ging sie um das Auto herum und setzte sich auf den Beifahrersitz. Zupko startete den Wagen und lenkte ihn auf die Straße.

»Sag mal, warst du schon immer so schweigsam, oder fällt mir das erst jetzt auf?«, sprach er sie an.

Sie spielte mit der Kordel ihrer Windjacke. »Der Doc sagt, ich hätte niedrigen Blutdruck, aber Grippe ist es nicht.

Wahrscheinlich Eisenmangel oder so was. Fahr mal bitte zur Apotheke, ich habe noch ein Rezept bekommen.«

Er änderte den Kurs Richtung Apotheke. Während er den Wagen über eine Kreuzung lenkte, fragte er sie: »Wie wäre es, wenn wir uns noch was Gutes vom Chinesen holen und uns den Bauch asiatisch vollschlagen?« Er sah sie verschmitzt an und versuchte, so unternehmungslustig wie möglich zu grinsen. »Na, wo bleibt die Antwort? Ich habe – du würdest wahrscheinlich sagen – tierischen Hunger.«

Sie lächelte schwach: »In Ordnung.«

Jasmin stand heute auf kurze Antworten, stellte er fest. Unser Glück, dass wir nicht mit Cents rechnen müssen, denn das Essen seiner Tochter war mit Sicherheit, wie sagt man?, »rausgeworfenes Geld«.

Sie saßen am Küchentisch und aßen. Er mit mehr oder weniger Genuss, sie langsam mümmelnd und bedächtig. Aber auch nicht allzu lange, denn plötzlich sprang sie auf und lief ins Bad.

»Rausgeworfenes Geld.« Aber Zupko war froh, dass sie es hier und jetzt durchmachte, und nicht in München. Er wagte nicht, daran zu denken, was passiert wäre, hätte es da unten angefangen.

Kurze Zeit später war sie wieder bei ihm.

»Ich habe mir das Essen noch einmal durch den Kopf gehen lassen. Entschuldige, Paps, war 'ne gute Idee!«

Ihr Vater nickte. »Schon gut, versuch, ein bisschen zu schlafen. Ich denke, in ein paar Tagen geht es dir besser!« Dieses Mal würde er auch so über die Runden kommen, auch ohne nächtliche »Spaziergänge« durch die Stadt, schwor er sich. Denn schließlich lebten sie jetzt auf dem Land.

Gegen sechzehn Uhr war er wieder da und lud den Inhalt seines Wagens ab: Holz, Kaninchendraht, und Hühner. Dann fing er an, ein provisorisches Gatter zu bauen. Knapp zwei Stunden brauchte er, dann hatten die Hühner ihr neues Zuhause. Und er beschloss, sich noch ein wenig hinzulegen, denn diese Nacht würde alles andere als ruhig werden – bis zu dem Zeitpunkt, an dem morgen früh die Sonne aufging.

Ein gellender Schrei weckte ihn aus einem nervösen Schlaf. Ruckartig schlug er die Augen auf, der Vollmond schien hell und wolkenlos. Er tauchte das Schlafzimmer in ein bläulich gelbes Licht. Leise hörte er seine Tochter in ihrem Zimmer wimmern. Er wollte, aber konnte sich jetzt nicht um sie kümmern. Zupko musste raus, sein Innerstes schrie nach Blut und er verstand die Botschaft. Er war nur in Unterhose, und so streifte er sich hastig seine Hose über. Er wollte noch nach seiner Tochter sehen, aber der Drang war zu stark. Er versuchte, sich zu beherrschen und langsam zu gehen, doch unwillkürlich wurden seine Schritte schneller und immer schneller. Erfahrungsgemäß war die erste Nacht immer am schlimmsten. Zupko riss die Haustür auf und stürmte nach draußen.

Einen Moment sah er direkt in den Mond. Sein Atem wurde heftiger, er konnte förmlich das Blut riechen. Einen Augenblick zögerte er. Sollte er in die Stadt gehen oder reichten die Vögel hinter dem Haus? Nur mit Mühe überredete er sich, die Tiere zu nehmen, und auch nur weil sie näher waren. Stampfend wie ein Besessener folgte er dem dunklen Pfad in den Garten. Und dann stand er vor dem Hühnerstall. Er konnte fast das pulsierende Blut der Tiere körperlich spüren. Aber er kämpfte dagegen an. »Einmal stärker sein, nur einmal!« Zupko wendete sich ab, den Anblick dieser ahnungslosen und verschlafenen Geschöpfe konnte er nicht länger ertragen. Er lief auf das brachliegende Feld hinter dem Grundstück. Der Mann fiel auf die Knie. Schwer atmend neigte er seinen Oberkörper nach vorn, formte seine Hände zu Krallen und rammte sie tief in die

Erde. Er roch den feuchten, vor Leben strotzenden Boden und presste mit übermenschlicher Kraft die Hände zu Fäusten zusammen. Einen Moment verharrte er in dieser Position, dann hob Zupko ruckartig den Oberkörper und riss dabei die Hände brutal aus der Erde. Er hob die Arme gegen den Himmel und schrie kurz und laut seine Verzweiflung hinaus. Er wusste, dass er wieder verloren hatte. Die Hände immer noch zu Fäusten zusammengepresst, merkte er, wie das lauwarme Wasser aus der ausgequetschten, sommerwarmen Erde ihm am Unterarm herunterlief. Langsam senkte er dann seine Arme und sah zu, wie die Erde, als er die Fäuste öffnete, auf das Feld bröckelte. Tränen liefen ihm über die Wangen, er erkannte zum x-ten Mal, dass er nichts weiter war als ein Tier. Je härter man kämpfte, umso härter schlug es zurück. Er hatte es oft genug probiert. Doch im Moment war er nicht in der Verfassung, groß zu philosophieren. Sein Körper schrie mit jeder Faser nach Blut! Er hatte es versucht, doch jetzt gab er sich geschlagen.

Der Mann ging zurück zum Hühnerstall, öffnete die Tür, packte sich eines dieser verschlafenen Wesen und verschloss das Gatter wieder. Ohne zu zögern, griff er dem Tier über den Schädel. Es gab ein knackendes gurgelndes Geräusch, als Zupko den Kopf vom Körper riss. Er presste den zuckenden Leib des Tieres an den Mund und saugte wie ein Ertrinkender an der Wasserflasche die warme, dicke Flüssigkeit in sich hinein. Dann warf er den Kadaver achtlos zur Seite, wischte sich mit dem Handrücken über den Mund und ging zurück in das Haus. Nachdem er geduscht hatte, und seinen Pyjama übergestreift hatte, machte er sich auf, um sich um seine Tochter zu kümmern.

Jetzt ging es ihm besser, was nicht auf Jasmin zutraf. Als er das Licht in ihrem Zimmer anmachte, sah er sie zusammengerollt in der hintersten Ecke ihres Bettes liegen.

Jasmin stöhnte und sie zitterte am ganzen Körper. Schweiß durchnässte ihr Nachthemd und ihr Gesicht war vor Schmerz völlig verzehrt. So hatte er das Mädchen noch nie gesehen, und es tat ihm weh. Aber er war froh, dass sie so weit draußen ihr Domizil hatten, denn so hatte sie mit jeglichen Gedankenimpulsen weniger zu kämpfen. Sie nahm seine Anwesenheit anscheinend überhaupt nicht wahr und bemerkte es auch nicht, als er sie behutsam auf den Arm nahm und in den Keller trug. Dieser Zustand, indem sie sich befand, würde nicht lange dauern, nur so lange, wie sie brauchte, um mit den telephatischen Impulsen unwichtiger fremder Gedanken halbwegs fertig zu werden. Und solange hatte es auch keinen Sinn, sie anzusprechen. Alles, was er sagen würde, würde in dem allgemeinen Kauderwelsch in ihrem Gehirn untergehen. Zupko setzte seine Tochter auf die vorbereitete Matratze im Keller. Dann band er ihr widerstrebend und zögerlich die Hände auf den Rücken. In dem Moment, in dem sie halbwegs klare Gedanken fassen konnte, würde sie instinktiv versuchen, an Blut zu kommen. Dabei war ihr jeder Weg recht.

Einige in der Familie hatten einen Humor der übelsten Art – bei einem ihrer jährlichen Treffen hörte er einem Wortwechsel zweier Jungen zu, die vielleicht ein- oder zwei Jahre älter waren als Jasmin.

»Hey, was meinst du, wie tötet man am qualvollsten einen Vampir?«

»Weiß nicht«, war die Antwort des anderen.

»Ganz einfach. Sperr ihn in der Vollmondwoche ohne irgendwas in eine Gummizelle, und er wird so lange an seinem Armen kratzen, bis er seine Schlagadern freilegt.«

Sie verfielen in ein schallendes Gelächter.

Zwei, vielleicht auch drei Stunden und Jasmin wäre halbwegs ansprechbar. Dann würde sie ein wenig dessen bekommen, was ihr Körper am dringendsten brauchte, erst wenig, dann Schluck für Schluck immer mehr.

Er ging nach oben und bereitete alles vor. Danach setzte er sich auf die Terrasse, blickte auf den dunklen Wald, der sich vor dem mondhellen Himmel abzeichnete, hörte den sommerlichen Grillen zu und wartete.

Fast drei Stunden später schloss er die Kellertür auf und betrat mit zwei Bechern und einem Eimer den Kellerraum, in dem seine Tochter war. Sie lag noch immer so da, wie er sie verlassen hatte. Er stellte das, was er mitgebracht hatte, neben der Tür ab. Dann kniete er neben seiner Tochter nieder und löste ihre Fesseln. Zupko setzte sie aufrecht an die Wand gelehnt hin. Jasmin starrte mit einem leichten Hauch Wahnsinn vor sich auf den Fußboden und krallte ihre Hände neben ihren Hüften in die Decke.

Ihr Vater nahm einen Becher und setzte sich neben sie. Er hielt ihr das Gefäß an den Mund. »Hier, trink das, Jasmin.«

Einen Moment schnupperte sie und griff danach hastig zu. Sie leerte die Tasse in einem Zug, ein Teil des Inhalts lief ihr aus dem Mundwinkel und dann an ihrem Hals hinunter. Sie genoss sichtlich den Geschmack und ihre Hände entspannten sich. Er setzte den Becher wieder ab.

»Mehr! Bitte, Papa!« Sie sah ihn fast flehend an, und im Schein der Kellerleuchte hatte er den Eindruck, als ob sich ihre Gesichtsfarbe augenblicklich besserte.

»Nein, ich glaube fürs Erste wird es reichen.« Und er setzte lächelnd zu: »Ich weiß, dass du mehr willst, aber glaub mir, dir wird schlechter werden als nach einem Besuch in einem Schnellrestaurant!«

Jasmin war ruhiger geworden, und Zupko sah, dass sie jetzt, Gott sei Dank, so weit war, dass er ihr alles erzählen konnte.

Sie kniff die Augen zusammen und fuhr sich mit der Hand über das Gesicht. »Ich habe eigenartige Stimmen im Kopf, und alle reden durcheinander.«

Er ignorierte, was sie sagte. »Pass auf, Maus, ich muss dir was erzählen. Von einer ›Familie‹, von eigenartigen Talenten, seltsamen Trinkgewohnheiten und nicht zuletzt davon, dass es Frauen gibt, die – na, ich schätze mal – an die vierhundert Jahre keine Faltencreme brauchen. Und ich denke, damit du alles verstehst, fange ich ganz von vorne an.

Da war einmal ein kleiner Junge am Anfang es achzehnten Jahrhunderts, der in einer wohlhabenden Landgutfamilie lebte. Ein Junge, der wie jeder andere aufwuchs und hin und wieder den Angestellten des Hauses einen Streich spielte. Aber was wichtiger ist, ein Junge, für den es schien, als sei sein ganzes Leben vorgezeichnet. Doch dann innerhalb weniger Tage, einige Wochen nach seinem sechzehnten Geburtstag, wurde er sehr krank, und während er litt, musste er erkennen, dass sein ganzes Weltbild, alles, was ihm so vertraut war, nur eine Maske war. Und als er das erkannte, meinte er, den Verstand zu verlieren. Doch es gab einige Leute, die ihm zur Seite standen, ihm halfen und ihm alles erklärten. Und so dauerte es nicht lange, bis er das alles akzeptierte und bereit war, sich die Maske selbst aufzusetzen und das Spiel mitzuspielen.«

»Hört sich an«, meinte sie, »als würdest du mir ein Märchen vorlesen, Papa. Ich fühle mich absolut beschissen, und ich glaube nicht, dass ich jetzt den Nerv habe, mir das Ganze anzuhören. Abgesehen davon, wo sind wir hier eigentlich?« Jasmin schaute sich in dem Raum um.

»Dieses ist einer unserer Kellerräume, gefällt er dir?«

Jetzt, da sie sich bewusst wurde, wo sie war, hatte sie auf einmal keinen Sinn mehr für die versteckte Ironie ihres Vaters.

»Ich weiß zwar nicht, weshalb wir hergekommen sind, aber lass uns nach oben gehen!«

Er schüttelte den Kopf. »Nein, ich glaube, wir sollten noch ein wenig hierbleiben. Wenigstens so lange, bis ich dir die Geschichte erzählt habe.« Er nahm sich vor, dass das bis zum Morgengrauen dauern würde, dann würde es bei seiner Tochter von sich aus schon nachlassen. Ihr Vater sah sie bittend an.

Aber Jasmin war nicht zu überreden. Sie wurde wütend. »Ich will aber deine Scheißgeschichte nicht hören!!« Sie stand auf und ging Richtung Tür. »Ich gehe nach oben.«

Zupko stand ebenfalls auf, ging ihr nach und nahm den zweiten Becher vom Boden. Er fasste sie an der Schulter und drehte sie etwas heftiger als nötig zu sich herum. Er sah sie streng und durchdringend an. »Ich will, dass du mir zuhörst, Jasmin. Es ist verdammt wichtig. Für dich – und für mich!«

Sie wurde wieder etwas ruhiger, als sie den Inhalt des Bechers roch. »Was ist das?«, fragte sie, und sah ihm direkt in die Augen. »Gibst du mir etwa Drogen?«

Zupko lächelte. »Würde ich meinem Baby etwa Drogen geben? Für was für einen Vater hältst du mich? Nein, das ist ein – wie soll ich sagen? –, es ist ein einfaches altes Familienrezept.« Er gab ihr den Becher.

Ihr war eigentlich egal, was es war. Es roch fantastisch, und sie merkte, dass das Zeug ihr guttat. Jasmin trank auch dieses Mal alles aus. Danach besah sie sich das Ding und nahm etwas vom Rest der Flüssigkeit aus dem Becher auf den Finger. Erschreckt riss sie die Augen auf. »Das, das ist …«, stotterte sie.

Er half ihr: »Genau«, lächelnd schaute er sie an. »Es ist Blut.«

Ausdruckslos blickte sie ihn an, sah dann auf den Becher, während sie langsam begriff, was ihr Vater da gerade gesagt hatte. Drei Sekunden später feuerte sie das Gefäß in die Zimmerecke und übergab sich in den Eimer.

»Ich denke, wenn es dir wieder besser geht, bringe ich den Eimer nach oben, und dann werden wir endlich reden.«

Sie setzte sich vollkommen schockiert in eine Ecke und wusste nicht, wie sie das alles verstehen sollte. Es war total wahnsinnig, absolut verrückt. Sie brach in Tränen aus. Ihr Vater ging zu ihr und versuchte, ihr den Arm über die Schulter zu legen, doch sie stieß ihn weg. Es war wohl doch besser, sie jetzt etwas allein zu lassen. Zumindest würde sie sich nichts mehr antun, sie hatte fürs Erste genug bekommen, und deshalb konnte er wenigstens auf die Fesseln verzichten.

Er erinnerte sich zurück, es gab Zeiten, in denen man allein versuchte, damit fertig zu werden, und andere, in denen man jemanden brauchte.

Jasmin musste das alles jetzt verarbeiten, wenn sie auch noch nicht wusste, worum es eigentlich ging. Er verließ, ohne die Tür zu schließen, den Raum und ging nach oben. Sie würde sich melden, wenn sie ihn brauchte.

VORBEREITUNG

Entspannt saß Zupko in seinem großen Ohrensessel und hatte die Beine über einen Fußhocker gelegt. Er hatte sich ihre »Umwandlung« problematischer vorgestellt. Es war zwar noch nicht vorbei, aber er hatte das Gefühl, dass das Schlimmste überstanden war. Eine Sache war da noch, die sie sonst wahrscheinlich niemals fertiggebracht hätte. Aber auch das würde ab morgen Nacht keine Probleme mehr aufwerfen. – Er dachte an die Hühner.

Die große Standuhr im Wohnzimmer schlug zwei, und ihm wurde bewusst, dass er schon mehr als eine Stunde hier im Wohnzimmer saß.

»Papa?« Jasmin stand in der doppelflügeligen Tür. »Ich glaube das nicht, ich …, ich trinke echtes Blut. Ich werde richtig high von dem Zeug. Und das Schlimmste ist, du bietest es mir an. Ich glaube, das nennt man in Fachkreisen Wahnsinn!«

Ihr Vater bewegte sich nicht, er hatte den Kopf an die hohe Lehne gelegt und die Augen geschlossen. Er hörte einfach nur zu: »In den letzten Tagen benehme ich mich wie eine Irre, ehrlich. Und nach dem, was heute passiert ist, fühle ich mich wie eine billige Figur aus einem Horrorfilm.« Sie kam zu ihm und setzte sich vor ihn hin. Hilflos schaute sie ihren Vater an.

Zupko öffnete die Augen und sah in ihr verstörtes Gesicht. Irgendwie hätte es anders laufen sollen, und jetzt wusste er nicht so recht, wie er ihr alles erklären sollte. Die Zeit war reif für die Wahrheit, und Jasmin verlangte – sie hatte das Recht – nach Antworten. Zupko hätte jetzt gut einen Whisky vertragen können, doch er war sich sicher, dass sein Magen leider anders darüber denken würde. Das monotone Ticken der Uhr war im Moment der einzige Ton im Raum, eine Stille, die er sonst auf jeden Fall begrüßt hätte, aber heute belastete sie ihn nur zusätzlich.

Er atmete tief durch die Nase ein und sagte dann geradeaus nach vorn über sie weg: »Etwas ist in dir erwacht, etwas, was bis vor Kurzem tief in irgendeinem Winkel deines Körpers geschlummert hat. Es liegt in der Familie. Du hast es, weil ich dein Vater bin, und ich schleppe es schon sehr lange mit mir rum.«

Jasmin hob ruckartig den Kopf und sah ihn aus großen Augen an. Es war so weit. Ihr Vater hatte endgültig den Verstand verloren, und sie mit ihm. Die einzig mögliche Erklärung für diesen ganzen Irrsinn. – Er hatte es ja selbst gesagt. Es lag in der Familie.

Zupko lächelte schwach. »Ich glaube, ich weiß, was du jetzt denkst – aber bitte, glaube mir. Ich und du, wir beide sind – oh, dieses Wort!-, wir beide sind das, was man Vampire nennt.«

Schwach lächelnd blickte sie ihn an, und als sie zu reden begann, tat sie es in einem Tonfall, als würde sie mit einem Wahnsinnigen sprechen: »Und jetzt? Was machen wir jetzt? Legen wir uns etwa in unsere Särge und schlafen morgen den ganzen Tag?« Sie schaute ihn an und war auf einmal bereit, den ganzen Blödsinn mitzumachen. Aber irgendwo zweifelte sie doch. Wenn es tatsächlich so etwas wie Vampire gab, dann wäre diese Nacht, und das, was ihr gestern beim Arzt passiert war, logisch zu erklären gewesen. »Erzähl mir die Geschichte, Papa. Und bitte, fasse dich kurz.«

Zupko erzählte: »Die meisten unserer Art haben sich zu einer Gruppe zusammengeschlossen. Sie nennt sich selbst die Familie. Ich bin …«

Sie unterbrach ihn und fragte mit gespieltem Entsetzen: »Moment mal, heißt das, ich kann nie wieder am Strand in

der Sonne liegen, und wann bitte schön wachsen mir Reißzähne??«

»Quatsch, natürlich bedeutet es das nicht. Und zum Thema
Zähne: alles Legende … Ich erkläre dir das Ganze nach und
nach.« Er sah sie gequält an. »Ich weiß, dass das alles für dich
lächerlich klingen muss, aber bitte, hör mir zu! Und ich werde
dir alles erklären.«

Jasmin hörte ihrem Vater zu. Und was er erzählte, war so
ziemlich das Unglaublichste, was sie je gehört hatte, und es
wurde noch viel fantastischer dadurch, weil sie selbst ein Teil
von allem war. Sie hatte das Gefühl, dachte sie, das auch jemand haben musste, der bei einem Unfall seine Erinnerungen
verloren hatte und jetzt einem Angehörigen gegenüberstand,
der einem Anekdoten aus seinem Leben erzählte.

»Die Familie existiert schon seit ewigen Zeiten. Hin und
wieder geisterte sie durch die Mythologien der jeweiligen Epo-
chen. Heute ist sie eine relativ kleine Gruppe, zusammenge-
würfelt aus allen Rassen und Nationalitäten, die unerkannt
unter den »Normalsterblichen« leben kann.« – Er hatte noch
immer kein vernünftiges Wort gefunden, für die übrigen rund
fünf Milliarden »einfachen« Menschen auf der Welt. – »Denn
abgesehen von einigen besonderen Eigenschaften gibt es
nichts, was uns von ihnen unterscheidet. Wir treffen uns
einmal im Jahr in der Vollmondwoche nach dem 31. Juli und
immer am gleichen Ort. Einem uralten, weit abgelegenen
Kloster in der Sahara. Etwa um die hundertfünfzig Leute,
mal mehr, mal weniger.«

Jasmin hörte aufmerksam zu, und ohne es zu merken,
wurde sie gefesselt von dieser »Familiengeschichte«; denn
sollte es alles stimmen, was ihr Vater da erzählte, barg es für
sie Möglichkeiten, die sie noch nicht abschätzen konnte. Sie
vergaß nach und nach das Absurde, das in der Geschichte

lag. Und je mehr ihr Vater erzählte, umso glaubhafter klang es für sie.

Zupko versuchte, alles so positiv wie möglich darzustellen, er umging die Praktiken der Vollmondnächte, er verschwieg ihr, dass es Vampire gab und nicht wenige, die im Blutrausch bestialisch mordeten. Denn all das würde sie früh genug mitbekommen, wenn sie die Familie kennenlernte. Er sah befriedigt, dass sie immer gespannter seinen Ausführungen folgte. Man musste die Sache nur gut verkaufen, und Zupko gab sich alle Mühe, es zu tun. Das rege Interesse seiner Tochter zeigte ihm, dass er darin gar nicht so schlecht war. Und nach einer langen Einführung kam er endlich zu dem Punkt, der für Jasmin wohl am wichtigsten war.

»Während dieses Treffens wird traditionell eine Feier abgehalten, dessen Bestandteil eine Art symbolisches Aufnahmeritual ist. Erst danach genießt du den vollen Schutz und die Hilfe der Familie, sollte es mal hart auf hart kommen. Die einzige Pflicht, die du hast, ist es, den Mund zu halten.«

Sie sah ihn an. »Und wenn man es nicht tut?«, fragte sie.

Zupko zuckte mit den Schultern. »Die Familie ist uralt, sie hat ihre eigenen Gesetze. Ich weiß auch nicht, was die Konsequenzen wären.« Er dachte nach, ehe er weitersprach, und sah sie dabei ernst an. »Es ist auch egal, niemand hat bis jetzt die Familie verraten. Und du wirst es auch nicht tun.« Er lächelte wieder. »Die Familie ist keine Sekte. Geh zum Treffen oder lass es bleiben. Wie gesagt: Du darfst nur nicht über die ganze Sache reden. Wenn du aber wegbleibst, hat die Sache für dich persönlich noch einen gravierenden Haken, wir bezahlen – jeder nach seinen Möglichkeiten – einen Beitrag, eine Art Versicherung. Das Geld fließt in einen mittlerweile sehr großen Pott. Solltest du in Schwierigkeiten kommen, nicht nur in finanzieller Hinsicht, hilft die Familie. Denk dran, achthundert Jahre sind eine lange Zeit. Alles Mögliche …«

Jasmin riss die Augen auf. »Wie lange??«

Unbeeindruckt sprach ihr Vater weiter: »Du hast bestimmte Fähigkeiten, zu denen unter anderem Langlebigkeit gehört. Frauen werden im Schnitt etwas älter, und so kannst du mindestens mit einem Dreivierteljahrtausend rechnen.«

Sie schüttelte langsam den Kopf. »Ich glaube das nicht, das ist ja alles total verrückt!«

Ihr Vater grinste schräg. »Und genau das ist der Grund, weswegen ich dir die Geschichte erzählen wollte.«

Sie blickte ihm einen Moment lang in die Augen, als versuchte sie, ihm die Antwort vorwegzunehmen. »Es ist deine Geschichte, nicht wahr?«

Zupko hielt den Blickkontakt aufrecht und antwortete knapp: »Ja.«

Jasmin sah vor sich auf den Boden. Dieses Gespräch war so total absurd, so absolut bescheuert. Ihre Gedanken wirbelten durcheinander. Sie wollte nur noch ins Bett und nichts wie Schlafen, Jasmin fühlte sich, als würde sie das alles hier nur träumen. Aber bevor sie ging, musste sie ihrem Vater noch eine Frage stellen. Eine einfache Frage. »Papa, wie alt bist du?« Sie war auf alles gefasst.

Zupko sah sie lächelnd an. »Dreihundertelf Jahre werden es, meinen Geburtstag kennst du ja hoffentlich.«

Das war zu viel – eindeutig! Jasmin stand auf, und ging wortlos nach oben.

Ihr Vater ließ sie gehen. Zupko wunderte sich, dass sie überhaupt so lange durchgehalten hatte. »Jasmin!« Er drehte sich in seinem Sessel so, dass er um die Lehne schauen konnte. »Eines noch.«

Sie blieb stehen, aber schaute sich nicht um.

»Wie gesagt, du kannst dich morgen ganz beruhigt in die Sonne legen, Maus!«

Sie nickte und ging weiter.

Zupko setzte sich wieder zurecht und genoss jetzt doch noch ein wenig die Ruhe, bevor auch er zu Bett ging.

Als Jasmin am nächsten Morgen aufwachte und nach ihrem Vater suchte, fand sie ihn hinter dem Haus in der Nähe des Hühnerstalls. Er hatte ein tiefes Loch gegraben, und sie kam gerade darauf zu, als er es paradoxerweise wieder zuschaufelte. Aber es waren nur einige Spaten Erde, die er zurück in die Grube warf.

»Was machst du da?«, fragte sie neugierig.

Und er erwiderte mit ernster Miene: »Ich entsorge unsere Blutspender von letzter Nacht!« Zupko sah, dass sie entsetzt ein paar Schritte zurückwich, und musste lachen. »Nein, entschuldige, glaubst du, da passt eine Leiche rein? Wir bekommen, zu deiner Beruhigung, nur ein paar Eier weniger!«

Jasmin entspannte sich und setzte sich auf einen großen Stein in der Nähe ihres Vaters.

»Wie geht es dir heute. Du siehst viel besser aus.«

Sie antwortete: »Es geht so, ich habe Hunger. Aber wenn ich ans Essen denke, wird mir gleich wieder schlecht.« Besonders jetzt, dachte sie. »Hühnerblut ist ja ekelhaft!«

»Ja, ich weiß«, erwiderte er. »Das ist normal. Ich bin hier fertig. Ich werde nur noch schnell die Schaufeln wegbringen. Geh schon mal auf die Terrasse. Ich komme gleich nach, und dann werde ich dir noch ein bisschen was erzählen.«

Sie nickte und ging Richtung Haus. Kurze Zeit später, nachdem er das Werkzeug im Schuppen verstaut hatte, folgte er ihr auf die Terrasse und setzte sich neben sie in einen der Korbstühle.

Sie sah ihn an. »Diese Fähigkeiten, von denen du gesprochen hast, erzähl mir mehr darüber!«

Jasmin sah in den noch immer ziemlich verwahrlost aussehenden Garten hinaus und beobachtete einen Vogel, der sich einen Wurm aus dem Rasen zog.

»Du glaubst mir immer noch nicht.« Nachdenklich blickte er vor sich hin, dann kam ihm ein Einfall. »Na schön. Pass auf, ich werde dir was zeigen.« Er stand auf und ging ins Haus. Bald darauf kehrte er mit einer Rasierklinge in der Hand zurück. Wortlos setzte ihr Vater sich auf seinen alten Platz, drehte die linke Handfläche nach außen, setzte dann die Klinge an und drückte zu. Der Stahl versank tief im Fleisch und Zupko presste vor Schmerz die Lippen aufeinander. Dann schnitt er langsam, um die drei Zentimeter, durch seine Handfläche. Jasmin sah dem Schauspiel schockiert zu. Unfähig, etwas zu sagen oder sich zu bewegen. Dort, wo die Klinge durch das Fleisch schnitt, quoll Blut hervor – aber nur kurz. Zupko setzte das »Skalpell« ab, nahm ein Taschentuch aus seiner Hose und wischte sich über den Einschnitt. Es hätte auf jeden Fall stärker bluten müssen, aber Jasmin sah, dass es schon fast vollständig aufgehört hatte, und nachdem ihr Vater die letzten Reste des ausgetretenen Blutes aus seiner Wunde gewischt hatte, war nur noch ein sauberer Schnitt im Fleisch zu sehen.

Zupko sah sie an. »Ein wenig … – abartig, wollte er sagen, aber dann suchte er nach besseren Worten. »Hmm – ich denke ein guter Beweis! Das funktioniert fast überall an deinem Körper. Es sei denn, du …« Ihr Vater korrigierte sich: »… jemand trifft eine wichtige Ader. Dann könntest auch du verbluten. Spätestens morgen Abend werde ich eine Narbe haben, und auch die wird in der nächsten Woche verschwunden sein. Abgesehen davon, er deutete mit seinem Kinn auf seine Handfläche, bist du immun gegen Krankheiten, und wie ich schon letzte Nacht sagte, wirst du sehr alt, richtig uralt!« Er grinste.

»Das ist fan-fantastisch«, stammelte seine Tochter. Ehrlich beeindruckt und erleichtert zugleich blies sie Luft durch die Zähne. Es war also wahr. Und sie war unbeschreiblich froh darüber. Jasmin hatte seit letzter Nacht wirklich gedacht, ihr Vater wäre verrückt oder irgendwie pervers. Wahrscheinlich sogar beides.

Zupko fuhr fort:

»Wenn sich dein Körper vollständig umgestellt hat, wirst du viel mehr Kraft haben, als eine, ich sage mal, ›normale‹ Frau. Reißzähne gibt es nicht, wir lösen das anders … Allerdings«, fuhr er fort, »gab es schon Situationen genug, in denen ich mir sie sehnlichst gewünscht hätte.« Er lächelte schräg. »Das wäre zu deinen körperlichen Eigenschaften zu sagen.« Zupko sah, wie seine Tochter unruhig wurde, so als hätte sie einen Volltreffer in einer Lotterie erzielt und wurde sich jetzt langsam dessen bewusst. »Du wirst noch ein paar geistige Fähigkeiten haben, die vielleicht sogar schon vorhanden sind. Ich spreche von Suggestion und Telepathie, das erklärt auch die Stimmen in deinem Kopf. Es gibt einen einfachen Trick und sie verschwinden.«

Jasmin sah ihn freudestrahlend an. »Ich glaube, ich weiß, was du meinst, ich habe das schon letzte Nacht ziemlich gut in den Griff bekommen!«

Ihr Vater zog ehrlich überrascht die Augenbrauen hoch. »Donnerwetter, du bist wirklich schnell, ich habe sehr viel länger gebraucht.« Plötzlich hatte er eine Idee. »Komm! Wir fahren in die Stadt, und ich zeige dir, wie es geht!«

»Was meinst du?«, fragte sie ihn.

»Na eben Suggestion und so weiter, kann manchmal ziemlich lustig sein!« Er grinste.

Sie wollte sich gerade umdrehen, um ihre Jacke zu holen, da fiel ihr etwas auf. – <u>Sie</u> wollte gerade den Vorschlag machen, in die Stadt zu fahren. Es durchlief sie heiß. Ihr Vater konnte Gedanken lesen. Und das gefiel ihr überhaupt nicht. Es gab eben Dinge, die niemanden etwas angingen, schon gar nicht ihren Vater, Dinge, die einfach zu privat waren!

»Papa, kannst du … meine Gedanken lesen?«

Er schüttelte den Kopf. »Nein, kann ich nicht. Obwohl ich das aber ab und zu gern wollte.« Er lachte kurz und fuhr dann fort: »Ich kann nur erahnen, was du denkst, genau wie jeder andere Vater auch. Wir können uns gegenseitig nicht beeinflussen. Und jetzt lass uns endlich fahren!«

Sie standen auf. Zupko holte die Schlüssel, während Jasmin schon zum Auto ging. Jetzt war der Zeitpunkt gekommen, wo ihr Vater alles beweisen musste, und Jasmin hoffte, nicht so sehr ihretwegen, sondern mehr wegen ihres Vaters, dass alles, was er sagte, der Wahrheit entsprach. Zupko verschloss die Haustür und sah, wie seine Tochter ihn aus dem Wagenfenster nachdenklich anschaute. Lächelnd ging er auf sie zu, im Gehen blickte er kurz in den Himmel. Kein Wölkchen, ein schöner Tag. Er hatte seine Tochter bei sich, und sie fuhren los, um einen Stadtbummel zu machen. – Er war froh, dass er sie hatte.

Jasmins Vater stellte den Wagen unweit der Fußgängerzone ab. Sie beschlossen, erst durch die Stadt zu gehen und sich später den Jachthafen anzuschauen. Jasmin gefiel die Stadt auf Anhieb. Unter anderen Umständen hätte sie höchstwahrscheinlich irgendwas in der Richtung ihrem Vater gesagt. Aber im Moment war das absolut unwichtig. Sie wollte unbedingt einen Beweis für alles haben, diese ekelhafte Sache mit der Rasierklinge reichte ihr nicht. Sie beobachtete ganz genau, wie ihr Vater sich verhielt, aber bis jetzt konnte sie nichts Verräterisches an seinem Verhalten erkennen. Und so schlenderten sie erst einmal die Fußgängerzone hinab.

Zupko suchte nach einer günstigen und vor allem harmlosen Demonstrationsmöglichkeit, später, wenn sie alles selbst voll beherrschte, würde sie ihre Möglichkeiten noch ganz anders einsetzen und höchstwahrscheinlich auch oft müssen. Egal, was er machte, es musste auf jeden Fall überzeugend sein.

Sie hatten fast das Ende der Fußgängerzone erreicht, als ihm etwas Gutes einfiel. »Siehst du den Mann, der sich gerade ein Eis gekauft hat?«

Jasmin nickte.

»Der geht gleich in der festen Überzeugung zurück, nicht dafür bezahlt zu haben.« Zupko blieb stehen.

Jasmin ebenfalls, aber sie wusste nicht, was jetzt kam. Sie sah, wie sich ihr Vater angestrengt konzentrierte, sein Gesichtsausdruck wurde hart, und er fixierte den jungen Mann, der sein frisch erworbenes Eis beleckte. Zupko schloss für eine Sekunde ruckartig die Augen, und als er sie kurz darauf wieder öffnete, meinte Jasmin fast zu spüren, wie sich eine mächtige Art Energie in Bruchteilen einer Sekunde aus seinem Körper entlud.

Einbildung, sagte sie sich. Aber sie war sich nicht so sicher, irgendetwas hatte sie gespürt.

Er lächelte sie an. »Das war's, schau dir jetzt den Typen an.«

Jasmin blickte sich um und sah erstaunt, wie der Mann mit dem Eis plötzlich stehen blieb, sich umdrehte und zur Eisdiele zurückging. Sie konnte nicht hören, was er sagte, doch sie sah, wie der dicke Italiener hinter dem Tresen ihm lächelnd irgendwas erwiderte. Doch dem Käufer des Eises war das nicht genug. Er fing an, mit dem Eisverkäufer zu diskutieren. Hinter ihm hatte sich mittlerweile eine beachtliche Menschenschlange gebildet, was der Mann von der Eisdiele natürlich auch bemerkte. Zupko bedeutete seiner Tochter näher ranzugehen, um den Rest des zweifellos gleich beendeten Gesprächs mit anzuhören.

»… habe ich mir das Eis geholt, und ich bestehe darauf, dass sie mein Geld nehmen!«

Jetzt wurde der Italiener wütend. »Herrgotts Himmel, dann gib mir das Geld, wenn es dir dann besser geht!!«

Der junge Mann knallte sein Geld mit hochrotem Kopf zum zweiten Mal auf die Theke, drehte sich abrupt um und sagte zu der zusehends ungeduldiger werdenden Warteschlange: »Sehen Sie? So wird Ehrlichkeit belohnt!«

Jasmin konnte sich vor Lachen nicht mehr halten und ihr viel eine zentnerschwere Last von der Seele. Ihr Vater hatte die Wahrheit gesagt. »Das war super, Papa!«, sagte sie, als sie sich wieder beruhigt hatte. »Wie machst du das?«

Eine Frage, auf die er selbst seit dreihundert Jahren ohne Erfolg eine Antwort suchte. »Ich weiß nicht, ehrlich, Maus.«

Sie sah ihn abschätzend an. »Glaube ich dir nicht!«

Ihr Vater schüttelte den Kopf und erwiderte: »Ehrlich, ich kann's dir nicht sagen.« Und nach einer kurzen Pause fügte er hinzu: »Ich sehe auf den Hinterkopf meines O…, Opfers, hätte ich bald gesagt, dann formuliere ich einen Satz, zum Beispiel wie eben. ›Ich habe nicht bezahlt, ich muss zurück und das nachholen.‹ Dann konzentriere ich mich, und – wie soll ich sagen? – ich steche diesen Satz in das Gehirn der Zielperson. Das ist wirklich alles, was ich weiß! Aber glaub mir, du bekommst das auch noch raus. Versuch erst einmal, ein paar Gedanken zu lesen. Ich denke, er lächelte, Empfangen ist einfacher als Senden.«

»Habe ich schon probiert«, antwortete sie leicht resigniert, »aber alle reden wieder wirr durcheinander, und noch viel schlimmer als zu Hause.«

Zupko freute sich, dass sie das Wort zu Hause gebrauchte. »Konzentriere dich auf einen Einzigen. Hey, ist reine Übungssache, wenn sie alle durcheinanderquatschen, ist das schon ein sehr gutes Zeichen!«

Und so begann ein stundenlanges Versuchen. Jasmin war sehr talentiert, sie lernte schnell, und als es Abend wurde und sie zum Auto gingen, »überredete« sie einen zufällig vorbeikommenden Passanten, die nötigen Parkgebühren zu erstatten. Sie lachten und hatten viel Spaß, das Einzige, was Jasmin an diesem Nachmittag zu schaffen machte, war ihr Hunger. Zupko erklärte ihr, dass es daher käme, weil sie sich immer noch in einer Art Übergangsphase befand. Und dass es allen zu Anfang so ähnlich ginge. Sie stiegen in das Auto, und während er den Wagen aus der Stadt lenkte, ging ihm seine eigene Zeit damals durch den Kopf. Sie hat das Gröbste hinter sich. Bei mir war es schlimmer. Jeder reagiert wohl anders.

Zu Hause angekommen schloss er die Haustür auf und hängte seine leichte Jacke an die Garderobe.

»Ich denke, wir sollten uns noch ein wenig hinlegen. Denk dran, wir haben heute Nachtschicht.« Jasmin grinste ihn an. Blut zu trinken war zwar nicht ganz ihr Fall, aber wenn das der Preis war, den sie bezahlen musste, konnte sie sich damit abfinden. Im Übrigen, dachte sie, habe ich im Moment das Gefühl, locker ohne auszukommen. »Ist gut, Paps.« Jasmin gab ihm einen Kuss auf die Wange. »Dann bis heute Nacht. Sie zögerte und fügte kleinlaut hinzu: »Und danke.«

»Wofür?«, wunderte er sich.

»Dafür, dass du kein Psychopath bist.«

Er schaute ihr baff hinterher, wie sie die Treppen ins Obergeschoss hochging. So hatte er es noch nie gesehen. Natürlich war Zupko einerseits froh, dass sie alles so schnell verarbeitete, aber andererseits beunruhigte ihr Verhalten ihn auch. Jasmin – das hatte er heute in der Stadt gemerkt – benutzte ihre Fähigkeiten oftmals zu skrupellos, sodass er sie hin und wieder bremsen musste. Und das war es, was ihm Unwohlsein bereitete. Diese Überlegenheit konnte durchaus zu Überheblichkeit ausarten und eine falsche Sicherheit vermitteln. Und dann würde sie, früher oder später, Fehler machen. Er wusste es aus eigener Erfahrung.

Zupko dachte wieder an seine Jugend zurück. Er hatte sein Lehrgeld bezahlt. Und genau das wollte er seiner Tochter auf jeden Fall ersparen. Die nächsten Tage würden zeigen, wie sie sich entwickelte. Er duschte kurz, ging ins Bett und löschte das Licht.

Mitten in der Nacht wachte er auf. Heute war es nicht so schlimm. Er wusste aus Erfahrung, dass die erste Nacht immer die schlimmste war, schließlich bekam sein Körper dann nach einmonatiger Abstinenz endlich wieder sein »Elixier«. Er lächelte innerlich. Zupko ging hinüber zum Zimmer seiner Tochter, um sie zu wecken. Und sofort nachdem er die Tür geöffnet hatte, wusste er, dass er einen entscheidenden Fehler gemacht hatte. Ihr Bett war leer. Verdammt, er hatte sich heute Nachmittag blenden lassen. Ich hätte das wissen müssen!, schoss es ihm durch den Kopf. Sie konnte sich eben noch nicht so gut kontrollieren wie er. Jasmin hatte sich so absolut normal verhalten, dass er einfach nicht daran dachte, dass es noch weiter nötig wäre, sie unter Aufsicht zu lassen. Es war immerhin erst ihre zweite Nacht. Dazu kam, dass sie gestern so gut wie nichts getrunken hatte, das würde alles noch viel schlimmer machen.

Er rief sie im Haus, doch er wusste, hier würde sie nicht sein. Verzweifelt zog er sein Handy aus der Hosentasche und wählte ihre Nummer. – Es klingelte in Ihrem Zimmer!

Scheiße! Jasmin ging nie ohne Handy aus dem Haus. Das sprach für ihren jetzigen Zustand. Zupko lief nach draußen, sah sich auf dem Grundstück um, und nachdem er einen Blick in den Hühnerstall geworfen hatte, kam er zu der Überzeugung, dass sie auf dem Weg Richtung Dorf war. Sie wusste instinktiv, was sie brauchte. Der Mond schien voll und rund am Himmel und langsam kam kniehoher Bodennebel auf, doch Jasmins Vater hatte jetzt keinen Sinn für die Szenerie. Er lief zum Auto. Er musste sie finden, sollte sie einen Fehler machen, blieb nur die Flucht. Und das, wusste er, war im Zeitalter der Datenverarbeitung sehr schwierig.

Es wurde kühl, Jasmin spürte das nicht. Sie hatte einen engen Minirock angezogen und trug eine kurzärmelige, weit ausgeschnittene Bluse. Sie hatte fast das Dorf erreicht und kam an den ehemaligen Gesindehäusern vorbei. Laute Discomusik drang aus einem der halb geöffneten Fenster. Das Rollo war heruntergezogen, und so konnte sie außer einigen Schatten nichts erkennen. Aber sie wusste, dass es viele Leute waren, die sich im Haus aufhielten, und das war nicht gut. Sie »lauschte« nach Gedanken. Es waren junge Leute, und ihre Gedanken kreisten um die Themen, um die sich auch die meisten Gespräche an fortgeschrittenen Abenden auf Partys kreisen. Wie Alkohol, Essen, Tabak und Sex. Doch dann hörte sie etwas, was ihr gelegen kam. »Er wollte gehen.« Ursprünglich hatte sie vor, sich im Dorf ein Taxi zu nehmen und nach Kiel in irgendeine Disco zu fahren. Aber wie es aussah, konnte sie sich das sparen. »Jemand wollte ihn zur Tür bringen.« Jasmin verschwand auf der anderen Straßenseite hinter einem Busch. Die Haustür wurde geöffnet.

»Mann, bleib doch noch da, Andreas!«

Der dickliche Junge, der gerade aus der Tür getreten war, drehte sich um und gab zurück: »Tut mir echt leid, Manuela, aber wir schreiben morgen eine Mathearbeit, und wenn ich die auch noch in den Sand setze, kann ich die drei vergessen. Also dann, wir sehen uns!«

Das Mädchen schloss die Tür. Er war jetzt allein.

Jasmin wollte gerade hinter dem Busch hervortreten, als sie ein Auto kommen hörte. Als er den gefächelten Lichtstrahl der ersten Straßenlaternen bei den Häusern passierte, erkannte sie den Wagen, es war der ihres Vaters. Also hatte er bemerkt, dass sie spazieren ging. Wut stieg in ihr auf. Aber der Wagen rauschte an ihr und dem Jungen vorbei. Doch ein paar Meter weiter stieg ihr Vater voll auf die Bremsen und fuhr kurz rückwärts, um neben dem Jungen zu halten. Jasmin dachte im ersten Moment, er hätte sie bemerkt, doch dann hörte sie leise die elektrischen Fensterheber, und ihr Vater sprach den Jungen an: »Guten Abend, hast du ein Mädchen, so in deinem Alter, die Straße runtergehen sehen? Sie hat lange dunkle Haare und ist ungefähr so groß wie du.« Zupko schätzte den Jungen auf ungefähr 1,75 Meter.

»Nein, tut mir leid, habe ich nicht«, erwiderte der Jugendliche kalt.

»Steig ein, ich nehme dich mit ins Dorf«, bot Zupko ihm an.

Doch der Junge verneinte. Er hatte damit seit langer Zeit mal wieder etwas getan, was ihm seine Eltern sowieso ausdrücklich verboten hatten. Der Fahrer suchte um diese Zeit ein Mädchen, das bestimmt halb so alt war wie er selbst, und Andreas stellte gerade fest, dass er nach einigen Bieren, und was so dazugehörte, eine blühende Fantasie entwickelte. Nein, er würde den Teufel tun, und da einsteigen.

Zupko brauchte keine Minute, um ihn »umzustimmen«. Es war einfach zu gefährlich, ihn hier draußen allein zu lassen. Der Junge stieg ein und Jasmins Vater gab Gas.

Wutentbrannt starrte das Mädchen dem davonfahrenden Wagen nach. Sie brauchte Blut, verdammt. Und vor allem, sie brauchte es jetzt. Uneingeladen auf Partys aufkreuzen und einfach einen Jungen abzuschleppen lief nicht. Sie würde ihn auf jeden Fall töten. Und es gab zu viele, die sie hätten zusammen das Haus verlassen sehen. Sie griff in ihre Handtasche, wo normalerweise ihr Klapphandy sein sollte – und griff ins Leere. Mist, zu Hause, mehr ging ihr nicht durch den Kopf. Weg hier! Nur weg hier, nach Kiel! Sie beeilte sich, das Dorf zu erreichen. Immer bereit, sich beim ersten Aufleuchten von Scheinwerfern hinter einen der großen Bäume zu flüchten.

Sie erreichte das Dorf und rief von der einzigen öffentlichen Telefonzelle aus ein Taxi. Dann versteckte sie sich hinter einer Mauer und wartete. Ein paar Mal noch sah sie den Wagen ihres Vaters. Nachdem er im Dorf anscheinend einige Male im Kreis gefahren war, verließ er es in Richtung Anwesen. Kurze Zeit darauf traf das Taxi ein und Jasmin fuhr nach Kiel. Natürlich gratis. Sie stieg in der Nähe der Fußgängerzone aus und lachte laut, noch bevor ihr Taxi wieder abgefahren war. Es war so einfach. So lächerlich einfach! Dann ging sie in Richtung Fußgängerzone. Ein paar junge Leute kamen ihr entgegen und sie fragte sie nach einer guten Diskothek. Kurze Zeit später betrat sie das ihr empfohlene Lokal und bestellte ein Glas Wasser.

Der Barkeeper meinte, sich verhört zu haben. Er sah sie schräg an und sagte dann: »Wasser, Mädchen? Aber keine Drogen, ich meine Tabletten oder so'n Mist, sonst fliegst du raus, verstanden?«

Jasmin sah ihn mit großen unschuldigen Augen an und nickte. Dann setzte sie sich so hin, dass niemand übersehen konnte, dass sie allein gekommen war.

Zupko hatte sein Haus erreicht. Er stieg aus dem Auto aus, suchte noch einmal Gebäude und Grundstück erfolglos ab, und als er wieder – einigermaßen ratlos – vor seinem Wagen stand, hatte er einen Einfall: Kiel! Das war es, sie war bestimmt nach Kiel unterwegs! Aber er machte sich keine Illusionen, sie in Kiel zu finden war fast genauso aussichtslos, wie die sprichwörtliche Nadel im Heuhaufen zu finden. Er musste es trotzdem versuchen. Zupko stieg in den Wagen und peitschte die schmale Landstraße Richtung Dorf entlang, um auf die Zufahrtsstraße nach Kiel zu kommen. Der dunkle Wagen schlug starke Wirbel in den mittlerweile ziemlich dicht gewordenen Bodennebel.

Jasmin drehte ihren Kopf und sah sich unauffällig in der Disco um. Irgendjemand musste sie doch bemerken! So wie sie die Jungs in ihrer Schule kannte, musste sie doch bald jemand anmachen! Wenn sie einer Person einen Gedanken »einpflanzen« wollte, musste sie direkt ihren Kopf ansehen, und das Problem, das sich hier ergab, war, dass niemand – soweit sie es überblicken konnte – allein da war. Es würde zu sehr auffallen, wenn sie einen Jungen so krass anstarrte. Dann sah sie gegenüber zwei Jungen sitzen. Beide blond mit schmalem Gesicht, der eine mit angedeutetem Seitenscheitel, der andere mit James-Dean-mäßig zurückgekämmten Haaren. Sie sahen beide eigentlich gar nicht so schlecht aus. Aber das war ihr im Moment egal. Sie schauten zu ihr rüber, redeten und grinsten sich dann an. Das Mädchen »horchte«: »Mann, die sieht echt geil aus.« Der Junge mit dem Seitenscheitel nahm einen tiefen Zug aus seinem Glas und überlegte, ob er nicht zu ihr gehen sollte.

Das genügte ihr. Jasmin drehte sich wieder zum Tresen und lächelte kalt. Lange würde sie mit Sicherheit nicht mehr warten müssen.

Zupko versuchte, sich vorzustellen, wo seine Tochter zu dieser Zeit sein könnte. Es gab um ein Uhr nachts nicht mehr allzu viele Möglichkeiten. Kneipen, Diskotheken und noch die Parks oder den Bahnhof mit irgendwelchen Pennern. Er nahm sich vor, erst die Parks und dann den Bahnhof abzusuchen, das wären »seine« Orte gewesen. Um diese Zeit sicherlich menschenarm, und, abgesehen von einer gelegentlichen Polizeistreife eben, nur besetzt von einigen Tippelbrüdern. Doch hier machte Jasmins Vater einen Fehler, durch den er auch viel Zeit verlor. Jasmin war ein attraktives Mädchen, sie war in der zweifellos besseren Lage, sich hinzusetzen, abzuwarten – und gefunden zu werden.

Sie hatte sich nicht getäuscht. Es dauerte nicht lange und einer der Jungs stand auf, kam zu ihr rüber und setzte sich neben sie auf den Barhocker. Es war der Typ mit der James-Dean-Frisur. Jasmin schaute weiter geradeaus und tat so, als ignorierte sie ihn.

»Hallo, ich bin Mark. Ich hab dahinten mit meinem Kumpel gesessen. Ich würde dir gern was ausgeben, aber wie ich sehe, hast du noch was.«

Jasmin sagte immer noch nichts, und deswegen redete der Junge weiter. Er hatte sich vorgenommen, dieses Mädchen aufzureißen, allein schon deshalb, weil sein Freund Cola-Rum saufend zusah.

Mark blickte auf ihr Wasserglas. »Ich glaube, du möchtest trotzdem noch einen Gin Tonic!« Er hob den Arm, um den Barkeeper ranzuwinken.

»Nein danke.« Jasmin schaute ihn an und lächelte ihr verführerischstes Lächeln.

Das traf ihn wie der Blitz; keine Abfuhr, wie er es eigentlich erwartet hatte, sie reagierte, und er war plötzlich dabei, das hübscheste Mädchen in dieser Kaschemme aufzureißen! Er blinzelte zu seinem Freund hinüber und der seinerseits gab unmissverständliche Zeichen zurück.

»Ich hoffe, du hast nichts dagegen, dass ich dich belästige!?« Eine absolut blöde Anmache, aber ihm fiel momentan einfach nichts Besseres ein. Er sah sie hoffnungsvoll an.

Jasmin schaute ihm wieder direkt ins Gesicht. Und ihr Blick ließ seinen Adrenalinspiegel buchstäblich in den siebten Himmel steigen. Sie hätte am liebsten gleich zusammen mit dem Jungen das Lokal verlassen, aber das wäre seinem Freund bestimmt seltsam vorgekommen, vielleicht wäre er ihnen gefolgt, und Zeugen waren das Letzte, was sie gebrauchen konnte. Der andere sah hin und wieder zu ihnen hinüber und konnte anscheinend nicht glauben, dass er nicht als Erster gegangen war.

»Ich will tanzen.« Sie sah ihm erneut in die Augen, und diesmal hatte er plötzlich keinen Zweifel mehr, dass er das, was er nicht zu hoffen wagte, auch bekommen sollte.

Zupko lief durch den Volkspark. Der Drang wurde stärker. Und er hatte im Gegensatz zu seiner Tochter letzte Nacht etwas zu sich genommen. Er konnte sich vorstellen, in welcher Verfassung sie sich jetzt befand. Langsam musste sie sich dem Zustand nähern, in dem es ihr nur noch um Blut ging. Alle anderen taktischen Überlegungen würden hinten anstehen. Er musste sie finden, wenn sie einen Fehler machte, sich verriet, würden sie nicht nur Probleme mit der Polizei bekommen, nein, was schlimmer war, die Familie würde sich der Sache annehmen. Das oberste Gebot war, nicht den leisesten Verdacht aufkommen zu lassen, dass es irgendwo Leute von ihrem Schlag gab. Denn dies war der einzige wirksame Schutz, den sie dieses Jahrhundert hatten. Dass die Öffentlichkeit die Zeugenaussagen als unglaubwürdig und die Zeugen selbst als Idioten bezeichnete. Und so sollte es, musste es bleiben.

Gehetzt von diesem Albdruck lief er durch den nächtlichen Park, und als er sie dort nicht fand, stieg er wieder ins Auto und fuhr zum Bahnhof. Ihm wurde mehr und mehr bewusst, dass seine Chancen, sie zu finden, bevor sie Unsinn machte, umso mehr schwanden, je länger er brauchte, sie zu finden.

Sie waren auf der Tanzfläche und Jasmin schmiegte sich eng an den fremden Jungen, und er seinerseits verstand die Welt nicht mehr. Er hatte zwar schon einige hübsche Mädchen angebaggert, aber dieses hier war ihm fast ein wenig zu schnell. Es war keine Stunde her, dass er sie angesprochen hatte, und jetzt tanzten sie schon eng umschlungen. – Sei's drum!

Jasmin sah ihm tief in die Augen, und einen Moment später merkte er nicht mehr, dass er goldene Ketten trug.

»Lass uns gehen!«, sagte er ihr ins Ohr. Diese Worte zärtlich zu flüstern, wäre angebrachter gewesen, aber das war in einer Disco leider nicht möglich. Aber in diesem Fall war es auch nicht notwendig, sie zu überreden. Das Mädchen nickte ihm lächelnd zu. Sie gingen zum Ausgang.

Dann fiel ihm noch etwas ein und er blieb stehen. »Bitte warte hier einen Moment, ich muss meinem Freund noch sagen, dass ich abhaue.«

Während sie wartete und er zum Tisch seines Kumpels ging, schaute der Junge sich einige Male lächelnd zu ihr um, so als hätte er fast Angst, dass sie ohne ihn verschwinden könnte.

Er erreichte den Tisch und strahlte seinen Freund glückselig an. »Hör zu, Mann, ich haue ab!«

Sein Freund, der schon lange die Wirkung der Drinks spürte, schüttelte langsam, ohne aufzusehen, den Kopf. »Ging ein bisschen zu schnell, oder?« Jetzt erst blickte er von seinem Glas hoch und schaute seinem Kumpel aus glasigen Augen an.

»Na und, was dagegen?«, gab Jasmins Begleiter leicht gereizt zurück.

Sein Freund trank den Rest des Glases aus und schielte kurz zu dem Mädchen rüber. »Wo soll's denn hingehen?« Sie hatten schon öfter Mädchen aufgerissen, aber dieses hier war ihm nicht geheuer.

Mark wurde ärgerlich. »Bist du meine Mutter, oder was?« Er blickte sich wieder zu ihr um und vergewisserte sich, dass sie noch dastand. Das Mädchen schien nervös zu werden und schaute mit ausdruckslosem Gesicht und seltsam durchdringenden Blick zu ihm rüber. Er lächelte ihr kurz zu und wendete sich wieder seinem Freund zu. »Hör zu, Mann, ich muss jetzt wirklich los. – Bis morgen!«, beeilte er sich zu sagen.

»Hey, Mark!« Er war schon ein paar Meter entfernt und drehte sich noch einmal zu seinem Freund um. »Hol dir nichts weg, Mann!«

Ohne auf den Spruch seines Kumpels weiter einzugehen, wendete Mark sich wieder dem Mädchen zu und verließ Hand in Hand mit ihr das Lokal.

»Völlig weggetreten, der Alte!«, murmelte sein Freund vor sich hin. Er bestellte sich noch zwei Cola-Rum und sah sich dann in dem Laden um. Vielleicht gab es ja noch so ein Kätzchen hier.

Zupko stellte den Wagen unweit des Hauptbahnhofs ab. Dann sah er die Taxis. Er fragte sich, warum er nicht eher darauf gekommen war. Taxis, wenn sie überhaupt hier irgendwo war, musste sie mit ziemlicher Sicherheit ein Taxi genommen haben. Es sei denn, sie hatte im Dorf jemanden gefunden, der sie fuhr. Und er hoffte inbrünstig, dass das nicht der Fall war. Zupko ging auf den vordersten der Wagen zu, doch erst als er die Beifahrertür öffnete und sich in das Auto beugte, bemerkte der Fahrer ihn. Er legte sein Rätselheft zur Seite und ließ den Motor an.

Zupko winkte kurz ab: »Ich möchte nicht gefahren werden. – Entschuldigen Sie, ich habe nur eine Frage.«

Der Taxifahrer verzog gelangweilt das Gesicht und stellte den Motor wieder ab. »Ja bitte?«

»Haben Sie heute ein Mädchen gefahren? Sie ist sechzehn, lange dunkle Haare und sehr hübsch, sieht aber älter aus.«

Der Taxifahrer sah ihn abschätzend an, dann antwortete er: »Nein, habe ich nicht.« Und er grinste leicht. »Stress gehabt zu Hause, was? Kenn ich zur Genüge, ist ein schwieriges Alter, sag ich Ihnen!«

»Ja genau.« Zupko fragte ihn, ob er nicht über Funk seinen Kollegen die Beschreibung durchgeben könnte, mit dem Hinweis, dass es eine Überlandfahrt war. Zu dumm, dass er nicht wusste, was sie heute Abend angezogen hatte.

Der Fahrer lächelte. »Na klar, kein Problem.« Er leitete es an die Zentrale weiter. Dann warteten sie schweigend. Nach einiger Zeit fing der Taxifahrer an, wie zu sich selbst zu reden. »Ich habe meinen Mädels verboten, so spät noch rauszugehen. Ich fahre seit fünfundzwanzig Jahren Taxi, und glauben Sie mir, hier laufen nachts 'ne ganze Ecke verrückte Typen rum!«

Zupko nickte. »Kann ich mir vorstellen.« Er hatte wenig Lust, das Ganze mit jemandem zu besprechen.

»Das renkt sich alles von ganz …« Der Taxifahrer wurde von einem Funkspruch aus der Zentrale unterbrochen.

Ja, ein Wagen hatte ein Mädchen, auf die die Beschreibung passte, aus einem Ort bei Kiel abgeholt und sie in der Nähe der Fußgängerzone abgesetzt.

Der Taxifahrer bedankte sich und hängte das Mikrofon wieder ein. Dann wendete er sich an Zupko: »Also, wenn ich Sie wäre, würde ich sie in einer Disco suchen.«

Zupko sah ihn an. »Welche ist die beliebteste hier?«

»Loliie-Pop – ist angeblich die Beste, und viel mehr Auswahl hat sie hier eigentlich nicht mehr«, erwiderte der Taxifahrer.

Zupko lächelte. »Gut, fahren Sie mich dorthin, ich nehme an, das wird schneller gehen, als mir umständlich den Weg erklären zu lassen!«

Zehn Minuten später hielten sie vor dem Lokal. »Soll ich warten?«

»Nein danke, wird nicht nötig sein.« Zupko sah auf das Schild am Armaturenbrett. »Wagen neunzehn, ich werde Sie rufen, sollte ich Sie noch einmal brauchen.«

Der Fahrer grinste schräg. »Nehmen Sie sie nicht so hart ran, das IST so in ihrem Alter!«

»Werde ich versuchen«, antwortete Zupko, er bezahlte, stieg aus und betrat die Disco.

Jasmin hörte nur am Rande, was der Junge ihr sagte. Er hatte ihr den Arm über die Schulter gelegt und machte ihr einige Komplimente. Sie schlenderten langsam die Straße hinab.

Ihm fiel auf, dass es ein wenig kühler geworden war. »Hier«, er bot ihr seine Jacke an, »dir wird bestimmt kalt sein.«

»Danke«, erwiderte sie knapp und ließ sich das Blouson über die Schultern legen. Sie musste trinken. Noch waren sie in der Stadt, hier war es zu riskant. »Wohin gehen wir?« Sie sah ihn unschuldig an. Die Tour mit den Rehaugen zog am besten bei Jungen.

»Moorteichwiesen, einige größere Teiche, Wiesen, ein wenig Wald und einsame hübsche Bänke. Wie findest du das?«

Jasmin sah ihn an. »Ist es noch weit?«

Die hat's aber nötig!, dachte er bei sich. »Nein, nicht mehr, hier um die Ecke, und wir sind fast da.«

Zupko sah sich in der Disco um, seine Tochter konnte er nicht entdecken. Aber vielleicht war sie ja trotzdem hier gewesen, und so »horchte« er. Jasmins Vater hätte gern jemanden ausgemacht, der sie vielleicht ansprechen wollte, aber sich – so hoffte er für ihn – nicht getraut hatte.

»Ich Arsch! Warum bin ich nicht rübergegangen und habe sie angequatscht? Mark liegt bestimmt mit ihr irgendwo in den Moorteichwiesen, wie jedes Mal!«

Zupko gratulierte sich. Das könnte sich nach seiner Tochter anhören. Er hatte wirklich Glück – wenn der Typ an seine Tochter dachte –, dass sie den Fehler gemacht hatte, sich eine beliebtere Disco auszusuchen. Der Junge, der sich ein paar Meter weiter den Abend vermieste, war schon verhältnismäßig breit.

Zupko ging auf ihn zu und trat vor den Tisch. »Guten Abend, ist hier noch frei?«

Der Junge sah zu ihm auf. Zupko blickte ihm tief in die Augen und wusste, dass er an Jasmin dachte. Sie war noch keine halbe Stunde fort. Bevor er, so schnell es ging, ohne aufzufallen, die Disco wieder verließ, war der Jugendliche felsenfest davon überzeugt, dass sein Freund irgendeinen Kameraden getroffen hatte, und dann, ohne was zu sagen, einfach die Disco verlassen hatte. Er ärgerte sich mächtig darüber.

Vielleicht, dachte Zupko, ist es noch nicht zu spät!

»Hier, wie findest du das Plätzchen?« Mark konnte sich keinen besseren Platz und keinen besseren Ort denken. Nebel stand kniehoch und verschleierte den Teich. Der Mond beherrschte groß und rund das sternenklare Firmament.

»Okay, ein bisschen kühl, aber das kann man ja schnell ändern«, sagte er mit einem Seitenblick auf das Mädchen.

Sie setzten sich auf eine abgelegene Bank am Ufer einer der Teiche, die fast vollständig von hohen Trauerweiden umgeben war. Jasmin schaute sich nach allen Seiten um. Perfekt! Sie waren vom Weg aus so gut wie nicht zu sehen.

Mark bestätigte ungewollt ihre Feststellung: »Sei unbesorgt, hier kann uns keiner sehen.« Er rückte näher an sie heran, einen Moment lauschten sie, es war absolut ruhig. Nur vereinzelt rief ein Nachtkauz und hin und wieder hörten sie von irgendwoher aus der Stadt ein Motorrad oder Auto beschleunigen.

Dann wendete Jasmin sich dem Jungen zu, lächelte und sah ihn bittend an. »Küss mich!«

Mark ließ sich das nicht zweimal sagen. Er umarmte sie und fing an, sie erst zaghaft, dann immer leidenschaftlicher zu küssen. Jasmins Herzschlag beschleunigte sich, nicht unbedingt, weil sie die Knutscherei so erregte, sondern weil sie kurz mit ihrem Gesicht direkt an seinem Hals lag. Sie spürte durch die dünne verletzliche Haut seine Halsschlagader pulsieren. Ich muss, ich muss jetzt!! Sie stellte sich vor, wie es wäre, sein Blut zu trinken, und der Gedanke machte sie wahnsinnig. Jasmin öffnete langsam ihren Mund, stöhnte verhalten und krallte ihre Hände hinter seinem Rücken in den Stoff seines weiten Sommerhemdes. Mark merkte entzückt, wie sich das Mädchen immer mehr erregte. Ermutigt legte er seine Hand auf ihr Knie und schob sie langsam immer höher, er erreichte den Saum ihres engen Minis, bemerkte aber gleichzeitig, dass die Bank doch unbequemer war, als er dachte.

»Komm, lass uns hier ins Gras legen, wird angenehmer sein!« Er setzte sich auf den Rasen und zog sie zu sich runter. »Ist etwas feucht, aber das macht nichts.«

Jasmin setzte sich auf seinen Schoß und küsste ihn. Mark hätte am liebsten angefangen, ihre Bluse aufzuknöpfen. Aber das war wahrscheinlich zu schnell. Er wusste natürlich nicht, wie sie reagieren würde, und er wollte sich das hier jetzt auf keinen Fall mehr versauen, es war einfach zu schön, um wahr zu sein. Jasmin, immer noch auf ihm sitzend, drückte auf einmal heftig seinen Oberkörper auf den Rasen. Ein wenig überrascht von dieser plötzlichen, ja fast ein wenig brutalen Aktion sah er nach oben in ihr Gesicht. Er war umgeben von Nebel, der auch ihr noch bis über die Hüften reichte. Im Mondschein konnte er ihren Gesichtsausdruck gut erkennen und wurde nicht schlau daraus. Sie blickte ihn durchdringend, ja sogar streng an. Etwas, was so absolut nicht zu der Leidenschaftlichkeit passte, die sie ihm gegenüber den ganzen Abend gezeigt hatte. Er hob die Arme, um ihre Taille zu umfassen. Doch Jasmin packte seine Handgelenke und drückte seine Arme zurück auf den Rasen. So wie sie da auf ihm saß, war sie überraschend leicht, aber sie konnte Kräfte aufwenden, die er eher bei einem Jungen vermutet hätte. Und das irritierte ihn mehr als alles andere. Dieses Mädchen war so total anders als alle anderen, die er bis jetzt hatte. Aber egal! Es war schön. Er sah, wie sie heftig atmete.

Na schön, wenn sie es so haben wollte, sollte sie es bekommen! Und als sie ihren Oberkörper senkte, um sich auf ihn zu legen, schloss er die Augen. Er merkte ihren heißen Atem an seiner Wange und seine Erregung kehrte zurück. Er wollte sie umarmen, doch das Mädchen hielt noch immer seine Arme fest am Boden. Mark spürte ihren mädchenhaften Körper auf sich und konnte nichts tun. Es war so herrlich, und es machte ihn verrückt. Jasmin liebkoste kalt und abwesend seinen Mund. Dieser Duft! Dieser unwiderstehliche Duft, der solche lebendige Kraft verströmte! Sie musste trinken, sie musste an sein Blut. Jasmin glitt mit ihren Lippen instinktiv an seinem Hals herunter und spürte seine Schlagader. Mark stöhnte auf, als das Mädchen den Mund weit öffnete und ihre Zunge seinen Hals berührt. Jasmin atmete noch schneller, sie dachte nicht mehr, ihre Zähne berührten die weiche Haut an seiner Halsseite. Dann biss sie zu. Tief gruben sich ihre Zähne in seinen Hals.

Der Junge schrie laut und gellend auf, er fing an zu strampeln, versuchte, im Todeskampf sie irgendwie abzuschütteln. Aber Mark hatte keine Chance. Sie war ihm körperlich überlegen. Ihre Hände drückten seine Handgelenke wie Schraubstöcke fest auf das feuchte Gras. Jasmin presste ihren Mund stärker auf seinen Hals und biss so fest zu, wie sie konnte. Tief im Fleisch trafen sich ihre Kiefer, dann hob sie ruckartig ihren Kopf, riss dabei ein Stück aus seiner Seite und spuckte es neben sich auf den Boden. Der Körper des Jungen zuckte nur noch reflexartig. Blut quoll pulsierend und in Mengen aus der Wunde, es ergoss sich auf den Rasen und färbte das Gras dunkel. Jasmin roch es, es raubte ihr den letzten Rest ihres Verstandes. Dieses hier war um Klassen besser als das Zeug, das ihr Vater ihr gab. Sie presste ihren Mund in seinen Hals und fing an, diese warme, dickliche, fantastische Flüssigkeit zu schlucken. Schon nach dem ersten tiefen Zug war ihr, als stürzte sie durch eine grellfarbene Spirale jenseits von Raum und Zeit durch die Unendlichkeit. Alles um sie herum hörte augenblicklich auf zu existieren. Sie wurde – ohne es sich selbst bewusst machen zu können – eins mit der Essenz des Lebens, und je mehr sie davon in sich einsog, umso unersättlicher wurde der Drang, mehr zu wollen. Saugend und stöhnend lag sie auf dem sterbenden, warmen Körper des Jungen, während seine vitale Energie auf sie überging und ihren jungen Körper vollständig regenerierte.

Zupko ging eilig die Straße hinunter, er wurde immer schneller, bis er unwillkürlich in den Laufschritt verfiel. Er wusste nicht, warum, aber er hatte das Gefühl, dass es schon zu spät war. Moorteichwiesen, auch dort hatte er gesucht, Jasmins Vater war davon überzeugt, sie nur kurz verpasst zu haben. Er nahm die Abkürzung über den Südfriedhof. Zupko hatte ihn fast überquert, als er einen markerschütternden Todesschrei hörte. Er kam aus dem Park. Daraufhin sprintete er über die Straße und lief in die Grünanlage. Er zwang sich, stehen zu bleiben und zu »horchen«, seine Tochter konnte er natürlich nicht ausmachen, aber vielleicht hatte ihr Opfer ja noch Zeit genug, irgendeinen Gedanken zu fassen. Jasmins Vater hörte etwas wie »halbstarke Idioten!« Aber soweit er es auf die Schnelle deuten konnte, war es wohl nur ein älteres Ehepaar, das sich auf dem Heimweg befand und zufällig den Schrei gehört hatte. Zumindest konnte er nichts weiter ausmachen. Er lief tiefer in den Park, blieb dann wieder stehen, um erneut zu »horchen«. Diesmal mit Erfolg. Langsam verlöschende Impulse. Sie waren schon so schwach, dass Zupko kaum noch die Richtung feststellen konnte, aus der sie kamen. Er musste grob schätzen.

Jasmins Vater lief wieder los. Er erreichte das Ufer eines der Teiche und suchte die gegenüberliegende Seite ab. Durch den Nebel hätte er Jasmin fast übersehen. Er erkannte seine Tochter am gegenüberliegenden Ufer. Der Nebel gab hin und wieder teilweise ihren Oberkörper frei. Ohne sie aus den Augen zu lassen, lief er dicht am Wasser um den Teich herum. Einige Male stieß er schmerzhaft mit dem Fuß gegen aus dem Boden hervortretende Wurzeln und verlor fast das Gleichgewicht. Aber jetzt war es nicht mehr allzu weit. Zupko blieb kurz stehen, um sie aus der Nähe zu beobachten. Jasmin hatte den Oberkörper gerade aufgerichtet, ihr Mund und ihr Hals waren von Blut verschmiert und der Ausschnitt ihrer Bluse getränkt davon. Den Kopf in den Nacken werfend, die Augen halb geschlossen, stöhnte sie mit weit aufgerissenem Mund in den nächtlichen Himmel. Zupko war viel gewöhnt, auch aus der Familie, aber der Anblick seiner eigenen Tochter entsetzte ihn zutiefst. Sie hatte noch nie menschliches Blut getrunken, und so musste die Wirkung auf sie wie die einer Hammerdroge sein. Er setzte sich wieder in Bewegung. Sie mussten so schnell wie möglich hier weg. Und verdammt, sie mussten die Leiche loswerden. Zupko lief durch den schmatzenden Morast, nahe am Wasser, nur um nicht irgendeinem Liebespaar, das er in seiner Hektik vielleicht übersehen hatte, auf dem Weg entgegenzukommen.

Kurz darauf stand er vor seiner Tochter.

Sie wendete den Kopf und sah ihn aus weit aufgerissenen Augen an. Dann blickte sie wieder auf den toten Körper des Jungen.

»Jasmin, wir müssen hier weg!«

Sie schien gar nicht zu hören, was ihr Vater sagte, ja er glaubte, sie erkannte ihn nicht einmal. Wie eine Furie sprang sie plötzlich auf und griff ihn planlos an. Sie merkte, dass sie ertappt worden war, und versuchte nun, ohne Überlegung den »Zeugen« loszuwerden. Jasmin schrie. Ihre Bewegungen waren außergewöhnlich schnell und sie kratzte ihrem Vater über die Wange. »Jasmin!« Es gelang ihm, ihre Hände zu greifen, eindringlich sah er ihr in die Augen. »Wir müssen hier weg!« Sie war völlig berauscht. In diesem Zustand würde er es nicht schaffen, sie, ohne Aufsehen zu erregen, zum Auto zu bringen.

Es half nichts. Zupko gab eine ihrer Hände frei und schlug ihr kurz mit der flachen Hand ins Gesicht. »Komm verdammt noch mal endlich zu dir!«

Sie wehrte sich noch immer gegen den Griff ihres Vaters, doch langsam normalisierte sich ihr Gesichtsausdruck. Er gab ihre Hände wieder frei. Ihr Vater blickte sich um und »lauschte«. Bis jetzt hatten sie Glück gehabt, sie waren anscheinend noch niemandem aufgefallen. Um diese Uhrzeit konnte sich das aber sehr schnell ändern.

Er wandte sich ihr wieder zu und versuchte es noch einmal mit ruhiger leiser Stimme: »Wir müssen zum Auto, Jasmin.«

Sie wendete sich ab und sah auf den toten Körper. Jetzt erst wurde ihr bewusst, was sie getan hatte, und sie »versteinerte« vor Entsetzen. Bevor sie schreien konnte, presste Zupko ihr die Hand auf den Mund, sie drückte seinen Arm weg. »Ich … ich habe ihn getötet!«

Zupko blickte nun auch auf die Leiche: »Ja, und jetzt müssen wir ihn loswerden, verstehst du?«

Jasmin nickte langsam. »Ich … habe ihn umgebracht. Ich wollte ihn töten!«

»Du konntest nichts dafür, glaub mir, aber wir haben jetzt keine Zeit.« Er überlegte, sie konnten ihn unmöglich durch den halben Park tragen. »Mist!« Zupko nahm den Körper des Jungen auf die Arme, watete ins Wasser, und als er bis zu den Hüften im Teich stand, gab er der Leiche einen Stoß, sie trieb noch einige Meter hinaus, bevor sie versank. Je nach Wassertemperatur brauchte eine Wasserleiche um die drei Tage, um sich zurückzumelden. Das sollte genügen.

Er ging zurück zu seiner Tochter. »Los, wasch dich ein bisschen, so wie du aussiehst, wird dir niemand den verwischten Lippenstift abnehmen. Und dann nichts wie weg hier.« Er wartete, bis sie sich ein wenig gesäubert hatte, bevor sie losgingen.

Bis zum Hauptbahnhof war es nicht allzu weit. Zupko sah auf die Uhr, kurz vor halb vier. Er hoffte, dass zu dieser Zeit noch nicht allzu viele Menschen unterwegs waren. Kurze Zeit später erreichten sie den Parkrand.

»Warte hier, ich hole den Wagen!«

Jasmin hatte noch immer keinen festen Boden unter den Füßen. Sie hatte den toten Körper gesehen und sie konnte sich natürlich auch an den ganzen Abend erinnern. Aber irgendwie kam es ihr vor wie ein böser Traum, ein sehr böser Traum. Sie hatte getötet. Jasmin Zupko hatte getötet! Und es war so einfach gewesen. Es lief ihr kalt über den Rücken. Aber sie wusste auf einmal auch, dass sie es wieder tun würde, und das versetzte sie fast in Panik.

Die Stimme ihres Vaters drang von weit her an ihr Ohr. »Jasmin, steig endlich ein!« Sichtlich ungeduldig saß ihr Vater im Wagen. Sie hatte einen Schock. Und – verdammt – er wollte nicht, dass sie das durchmachte.

Zupko wusste, wie sie sich fühlte, er hatte es selbst durchgemacht. Jasmins Vater musste an die Zeit zurückdenken, die ersten Male, als es so weit war. Erinnerungen, die er normalerweise verdrängte. Erinnerungen an das, was er kurze Zeit später nicht mehr verstehen konnte, als die Sonne morgens aufging. Ihm hatte das Töten zu Anfang Befriedigung und Spaß gebracht, auf einer Ebene, die er außerhalb der Vollmondnächte nie verstand. Doch er hatte einen Weg gefunden, zumindest einen halbwegs klaren Kopf während der Nächte zu behalten. Zupko wollte ihr noch Zeit lassen. Morgen nach dem Aufstehen wäre es immer noch früh genug, um mit ihr darüber zu reden.

Das Mädchen stieg in den Wagen. Zu Hause angekommen »kümmerte« Zupko sich um die Hühner, während Jasmin sich sehr lange duschte. Sie hätte auch fünf Stunden länger duschen können, sauber fühlte sie sich diesen Morgen nicht. Die Sonne ging gerade auf, als sie das Schlafzimmer ihres Vaters betrat.

»Ich will bei dir schlafen.«

Wortlos hob er die Decke und sie schlüpfte zu ihm ins Bett. Sie war absolut fertig, konnte aber noch nicht schlafen. »Diese Nacht … ich …«, sie brach den Satz ab.

Er streichelte ihr Haar, nach einer Weile legte er seinen Arm um die Taille, und kurz darauf hörte sie ihren Vater gleichmäßig atmen. Er war fest eingeschlafen. Nach und nach wirkte sein monotones Luftholen ermüdend. Die Sonne hatte längst die Nacht abgelöst und der junge Tag mit seiner langsam aufkommenden bäuerlichen Geschäftlichkeit auf den Feldern und Wiesen rund um das Anwesen hatte begonnen, als sie endlich in der Lage war, einzuschlafen. Noch im Halbschlaf wälzten sich Gedanken träge in ihrem müden Hirn. Sie wusste auf einmal, wo sie hingehörte, und obwohl sie die Familie nur vom Hörensagen kannte, fühlte sie sich bei dem Gedanken, bald dazuzugehören, wohl.

»Schluss mit München. Ich bleibe hier.« Sie spürte die angenehme Wärme ihres Vaters und atmete tief durch. Ohne es zu merken, glitt sie hinüber in einen unruhigen und – seltsamerweise – traumlosen Schlaf.

Gegen fünfzehn Uhr wachte Jasmin auf und fühlte sich total zerschlagen. Sie ließ die letzte Nacht noch einmal Revue passieren. Szenen aus der Disco flimmerten ihr durch das Bewusstsein. Auf einmal riss sie die Augen auf, ihr wurde bewusst, dass sie einen Fehler gemacht hatte, einen schweren Fehler. »Scheiße!« Nacktes Grauen durchschoss sie. Ihr wurde kalt und sie begann zu zittern.

»Was hast du?« Jasmin hatte ihren Vater geweckt.

Sie drehte sich zu ihm um, und sah ihn aus angstgeweiteten Augen an. »Der Junge aus der Disco, ich meine seinen Freund, er wird sich an mich erinnern, wenn sie seinen Freund finden!«

»Nein, wird er nicht.« Ihr Vater lächelte sie verschlafen an. »Der Typ ist wahrscheinlich stinksauer auf seinen Kumpel, weil er so plötzlich – und mit irgendeinem anderen Kameraden – den Laden verlassen hat. Ich nehme an, ihm sind die Drinks nicht bekommen.« Zupko grinste breit. Dann wurde sein Gesicht wieder ernst. »Jetzt verstehst du auch, weshalb ich dich die erste Nacht im Keller eingeschlossen hatte. Du hast da wirklich einen Fehler gemacht. In Zukunft musst du an jede noch so kleine Einzelheit denken!«

Jasmin nickte.

Und dann fuhr ihr Vater fort: »Ich mache dir keinen Vorwurf. Wenn es losgeht, handelt man instinktiv. Aber bis zu einem gewissen Punkt kann man es kontrollieren. Du wirst es mit der Zeit lernen. Und bis dahin sollten wir unsere Nachtschichten gemeinsam verbringen.«

Sie nickt wieder, und nach einer Weile fragte sie ihn geistesabwesend: »Wie wirst du damit fertig? Ich meine das Blut gestern von …« Sie konnte nicht weitersprechen. Jasmin erschauerte, als sie wieder das Bild des toten Jungen vor sich sah. »Nimmst du …, ich meine, besorgst du dir nur Tiere?«

Ihr Vater sah sie lange an, dann schüttelte er den Kopf. »Nein, ihrem Blut scheint irgendwas zu fehlen, aber das hast du gestern wohl selbst gemerkt, nehme ich an.« Zupko stand auf, ging zu dem Stuhl, über dem seine Kleidung hing, und zog aus seiner Hose ein kleines mit filigranen Schnitzarbeiten verziertes Kästchen. Es war sehr alt und an manchen Stellen klafften schmale Risse im Holz. Zupko setzte sich auf die Bettkante und reichte das Kästchen seiner Tochter.

Jasmin richtete sich auf und lehnte sich an die Wand. »Was ist das?«, fragte sie, während sie das Kästchen in den Händen drehte und es sich von allen Seiten besah.

»Mach es auf!« Er sah sie erwartungsvoll an.

Das Mädchen öffnete den Deckel, der Innenraum der Schatulle war mit weinrotem Samt ausgeschlagen, und sie blickte auf eine circa sechs bis acht Zentimeter lange, leicht gebogene dünne goldene Nadel. Am Kopfende trug sie eine schwarze Perle, die die Größe einer kleinen Haselnuss hatte. Die Perle hatte ein Loch in ihrer Längsachse Richtung Nadel.

Jasmin blickte ihren Vater verständnislos an. »Was soll das sein?«

Zupko lächelte. »Das ist meine Lösung, ohne Mord an eine Blutspende zu kommen. Es ist eine Kanüle, eine Hohlnadel. Eine sehr saubere Sache. Du stichst das Ding wie einen Strohhalm in die Ader und legst die Lippen um die Perle. Der Blutdruck reicht völlig aus, um genügend zu bekommen.« Zupko sah versonnen auf die Nadel, dann sagte er: »Mehr als einen bis eineinhalb Liter schaffst du sowieso nicht, und deshalb überleben die edlen Spender.«

Jasmin lächelte das erste Mal heute. Und es tat ihrem Vater gut. »Verstehe«, sagte sie grinsend, »das läuft ab wie im Film. Du überzeugst eine hübsche Frau, mit dir nach Hause zu kommen, sie spendet ein wenig Blut, und du sorgst danach dafür, dass sie alles wieder vergisst.«

Zupko legte den Kopf ein wenig schräg und zog ein Gesicht, als könne er ihren Gedanken nur schwer folgen. Dann nickte er und sagte: »Im Großen und Ganzen kommt das hin. Aber wen ich auflese und unter Umständen mit nach Hause nehme, geht nur mich etwas an, junge Frau!« Er schaute sie grimmig an.

Jasmin musste lachen. Sie war froh, dass es auch anders ging.

Zupko lächelte wieder. »Du bekommst im Verlauf des Rituals ein solches Utensil. Ich werde dir heute davon erzählen, aber jetzt …«, er stand von der Bettkante auf und riss ihr die Decke weg, »… wird aufgestanden, wir müssen unsere Sachen waschen und die Hühner füttern.«

Jasmin gab einen genervten Laut von sich, blickte ein letztes Mal auf die Nadel, bevor sie sie in das Kästchen zurücklegte und es ihrem Vater zurückgab. Dann ging sie ins Badezimmer.

Sie stand vor dem Stall und blickte auf die Hühner. Jasmin konnte sich beim besten Willen nicht vorstellen, dass sie diese Tiere töten könnte, und doch hatte sie letzte Nacht etwas weitaus Schlimmeres getan. Sie schüttelte den Kopf. Es erschien ihr alles immer noch so unwirklich. Sie hatte genau wie eben, bevor sie aufgestanden war, das Gefühl, als träumte sie einen ziemlich realistischen Traum, und jeden Moment könnte der Wecker klingeln und sie unsanft da rausreißen.

In der Medizin gab es einen Ausdruck für ihr Verhalten: Schizophrenie.

Sie ging nach vorn vor das Haus, wo ihr Vater das Auto reinigte.

»Du wolltest mir von dem Ritual erzählen.« Jasmin machte sich innerlich auf alle Blutrünstigkeiten bereit, die sie sich in der Lage war, vorzustellen.

»Ja«, erwiderte ihr Vater knapp. Dann beugte er sich über den Fahrersitz. »Also wenn mein Anzug genauso stinkt wie die Polster des Wagens, kann ich ihn bestimmt vergessen. Der Morast aus dem Teich riecht widerlich. Ich glaube, ich habe jetzt an diesem Sitz alles ausprobiert, aber das letzte Mittel, das mir einfällt, ist, den Wagen so ungefähr ein Jahr mit offenen Türen stehen zu lassen.« Zupko legte den Schwamm beiseite, kam aus dem Wagen und sah seine Tochter an. »Hast du was gegen einen Spaziergang? Ist ein schöner Tag dafür!«

Jasmin schüttelte den Kopf. »Nein, lass uns gehen.«

Die Zupkos verließen das Grundstück und gingen einen kleinen Feldweg entlang zum Wald.

Jasmin blickte zu ihrem Vater auf und blinzelte dabei gegen die Sonne. »Also?«

Ihr Vater sah nach vorn zwischen die Bäume und fing an zu erzählen. »Ihr bekommt Unterricht, im Prinzip das, was ich dir auch erzähle, nur etwas ausführlicher, besonders viel

Wert werden sie vermutlich auf den geschichtlichen Teil über die Familie legen, das war schon immer so.« Er sah sie an und grinste. »Verdammt trocken das Ganze, und wird sich die ersten zwei Tage hinziehen. Ich würde an deiner Stelle aber trotzdem gut zuhören.

Einiges wird dennoch sehr wichtig für dich sein. Am dritten Tag findet dann das eigentliche Ritual statt. So lange bis ihr das Ritual noch nicht hinter euch habt, dürft ihr auch noch nicht in der Gemeinschaft mitfeiern oder überhaupt am Programm teilnehmen. Ihr bekommt Zimmer zugewiesen, in denen ihr wohnen könnt. Und könnt dann die ersten zwei Nächte machen, was ihr wollt. Das heißt Spaziergänge in der Wüste oder Ähnliches.« Zupko kickte mit dem Fuß einen kleinen Stein zur Seite und lächelte. Er dachte daran, was sie damals gemacht hatten. Aber das war eine andere Geschichte, und die würde er sicherlich nicht seiner Tochter erzählen.

»In der dritten Nacht findet dann ein Fackelzug durch den alten Kreuzgang statt, ihr bekommt schwarze kuttenähnliche Gewänder und werdet in einen großen Saal geführt. Dort liegen auf Steinaltären einige Blutspender, sie befinden sich in einer Art Trance. Jetzt bekommt ihr eine goldene Nadel, und jeder von euch stellt sich neben einen der Altare. Ihr »zapft« ein wenig Blut in einen gläsernen Kelch, stellt euch im Halbkreis um den Ältesten und sprecht den Schwur nach. Danach trinkt ihr zusammen mit dem Greis und habt es überstanden. Wir feiern dann das erste Mal gemeinsam.«

Jasmin grinste. »Ich dachte, es würde schlimmer werden!«

Ihr Vater hob die Augenbrauen. »Schlimmer, was meinst du denn mit schlimmer?«

»Ich meine: blutiger«, sagte Jasmin.

Zupko runzelte die Stirn. »Und weswegen? Wir sind doch keine Bestien.«

»Aber«, sie mimte den typischen Blutsauger, »wir sind Vampire!«

Zupko lachte, dann sah er sich zu allen Seiten um, hob theatralisch einen Finger vor den Mund und sagte mit wichtiger Miene sehr leise: »Psssst! Es könnte jemand mithören!«

Jasmin brach in schallendes Gelächter aus. Zupko sah das lachende Mädchen an und dachte bei sich, dass sie intuitiv gar nicht so falsch lag. Im Großen und Ganzen hatte er ihr den Ablauf des Rituals ja erzählt, aber er war auch der Meinung, wer verschweigt, braucht nicht zu lügen. Es gab einige Sachen, die ihm bei der Zeremonie nicht passten, aber die Alten bestanden eben darauf. Es war eben uralte Tradition.

Er wendete sich seiner Tochter zu. »Weißt du was, Jasmin? Wir werden heute Nacht eine Spazierfahrt mit dem Auto unternehmen. Und ich zeige dir bei der Gelegenheit, wie es auch anders geht.« Zupko streckte den Zeigefinger und drückte ihn wie eine Nadel an den Arm. Sie nickte lächelnd und ihr Vater legte seinen Arm um ihre Schulter.

Es war ein schöner Sommertag, und obwohl es hier im Wald die Sonnenstrahlen kaum schafften, das saftig grüne Laubdach zu durchdringen, war es trotzdem fast etwas zu warm. Sie genossen den Spaziergang. Hin und wieder kamen ihnen Leute entgegen, sie horchten nach ihren Gedanken und tratschten darüber. Jasmin schaffte es unbewusst, die Erinnerungen an die letzte Nacht zumindest zeitweilig beiseitezuschieben. Sie sprach ihren Vater darauf an, wie er damit umging, Morde begangen … Leute getötet zu haben, und er antwortete ihr, dass er mit der Zeit gelernt hatte, es zu verdrängen, bis es so zur Gewohnheit wurde, dass er irgendwann gar nicht mehr darüber nachdachte. Er überlegte, während er auf einen fernen Punkt zwischen den Bäumen blickte, und sagte dann, dass jeder seinen eigenen Weg finden musste, und das galt auch für

Jasmin. Sie konnte sich nicht vorstellen, dass sie es schaffen würde, die letzte Nacht zu verdrängen. Schon allein deshalb nicht, weil Jasmin merkte, dass es ihr guttat, mit jemandem darüber zu reden. Nein, sie würde es anders versuchen. Sie würde versuchen, es zu akzeptieren. Jasmin wollte versuchen, ein Doppelleben zu führen. Sie war Jasmin Zupko; und während der sechs Vollmondnächte war sie etwas anderes, aber es war ein Teil ihres Lebens. Sie grinste innerlich, als ihr klar wurde, dass es im Prinzip eine Art gesunde, schützende Geisteskrankheit war, die sie sich vornahm aufzubauen.

Sie waren eine Weile schweigend nebeneinander hergegangen und Zupko beobachtete sie hin und wieder verstohlen aus dem Augenwinkel, als sie plötzlich sagte: »Warum nur bei Vollmond?«

»Wie?«, erwiderte er. Jasmins Vater verstand die Frage nicht.

»Na ja«, Jasmin versuchte, ihre Gedanken in Worte zu fassen. »Ich dachte immer, äh, Vollmond hat was mit Werwölfen zu tun, ich meine, die Typen verwandeln sich doch nur, wenn der Mond rund am Himmel steht!«

Zupko lachte schallend auf. »Hab ich auch immer gedacht … Aber glaub mir, in den letzten rund dreihundert Jahren habe ich nicht einen bösen Wolf zu Gesicht bekommen. Nein, einige von uns, die sich mit Mythen beschäftigen, glauben, dass wir es waren, die den Werwolfglauben begründeten. In Ermangelung spitzer Zähne könnte es sein, dass einige«, er atmete tief durch – dieses Wort schon wieder –, »Vampire ihre Opfer förmlich gerissen haben. Und es fiel wahrscheinlich auf, dass die auf diese Art Getöteten regelmäßig nach Vollmondnächten gefunden wurden. Nur eine Vermutung. Fakt ist, wir können nachts nicht besser sehen als normale Menschen. Aber wir haben unsere körperliche Kraft und unsere geistigen Fähigkeiten,

Opfer aufzuspüren. Ich glaube, die Natur meint, bei Vollmond sehen wir wenigstens besser als in den übrigen Nächten, das vergrößert unsere Chancen beim Jagen – reine Evolution eben. Und«, setzte er ernst hinzu, »das macht es in diesem Jahrhundert so schwierig, dieses Tier ist eine genetische Anomalie. Die Gerichtsmedizin kann aufgrund von DNA-Spuren den Täter genau identifizieren. Das macht den Gebrauch der Nadel unumgänglich!« Zupko hatte sich unbewusst und vor allem aus Sorge um Jasmin hineingesteigert und wurde immer lauter.

»Hey, Paps, ist ja gut!«

»Entschuldige, aber was ich damit sagen wollte, ist, dass es immer schwieriger wird, keine Spuren zu hinterlassen.« Nach kurzem Nachdenken fuhr er fort: »Wir sind keine Supermenschen, Jasmin. Ich meine, wir haben zwar unsere überlegenen Fähigkeiten, aber nur auf Kosten unserer Mitmenschen. Wir können uns nicht gegen den Jagdtrieb wehren, daher triumphiert in uns das Tier über den Menschen.«

Jasmin legte die Stirn in Falten und sah ihn an: »Komm runter!«

Ihr Vater merkte, dass er sich in Rage geredet hatte, und atmete tief durch, bevor er weitersprach. Es war ihm unangenehm, wie immer, über das Thema zu reden. »Frag mich jetzt, wenn du noch was hast, damit wir das endlich hinter uns haben!«

Jasmin sah ihn nun entschlossen an, sie konnte sich nicht vorstellen, wie ihr Vater auf ihre nächste Frage reagieren würde. Die kam ihr selbst komisch vor. Das Mädchen beschloss sie einfach in Worte zu fassen: »Kann ich, äh, ich meine, kann ich Vampire erschaffen, weißt du, ich meine wie im Film oder so?«

Seltsamerweise blieb ihr Vater ganz ruhig, als er antwortete: »Du meinst, so wie Kollege Dracula? – Nein, die Natur hat an alles gedacht.« Er lächelte schief. »Wenn wir nur beißen müssten, würde sich das Elend exponentiell schnell verbreiten, und wir hätten keine Nahrung mehr. Dann wäre dieser Planet schon längst voll von Blutsaugern, Tiere eingeschlossen … Du wirst es nur deinen Kindern weitergeben – falls du mich irgendwann zum Opa machen willst.« Deshalb, dachte er bei sich, wird die Familie immer kleiner, es gab immer weniger Geburten. Wahrscheinlich war es auch besser, keine Familie zu gründen, aber das würde er Jasmin sicher nicht sagen. Laut sprach er weiter: »Wie dem auch sei, das Tier will, du würdest sagen, die Normalos über die Zeit töten.« Er grinste. »Die anderen wachsen ja auch nach, so geht ihm wenigstens nicht das Futter aus. Aber das ist nur meine Theorie.«

Er legte ihr den Arm über die Schultern und sie schlenderten langsam zurück nach Hause. Jasmin ihrerseits stellte keine Fragen mehr. Sie musste das alles erst mal ordnen. Zupko sah, dass sie plötzlich sehr schweigsam wurde, und er riss sie nicht aus ihren Gedanken. Es war eine schwere Zeit, die sie durchmachte, aber er wusste auch, dass Jasmin nicht so grüblerisch oder – er gestand es sich nicht gern ein – sensibel, wie er war. Er war sich sicher, dass sie schneller damit fertig werden würde als er damals.

Jasmins Vater hoffte, dass sie, wenn sie die Familie kennenlernte, nicht die Gesellschaft der falschen Leute fand, denn auch unter den Jüngeren, gerade unter den Jüngeren, gab es einige, denen das Töten Spaß machte und die sich auch während des übrigen Teils des Monats mit ihren besonderen Eigenschaften, wie sie es nannten, voll identifizierten. Wahrscheinlich war das der gesündeste, aber bestimmt nicht der menschlichste Weg.

Die Sonne hatte schon fast den Horizont erreicht, als sie wieder zu Hause waren. Sie duschten, und legten sich schlafen. Auch heute würde es eine lange Nacht werden.

Gegen dreiundzwanzig Uhr stand Zupko neben dem Bett seiner Tochter und weckte sie. Er hatte sich frisch rasiert und einen schwarzen Anzug an. »Guten Abend, ziehen Sie sich was Hübsches an, junge Frau, wir gehen heute auswärts essen!«

Jasmin sah ihn verschlafen an. Sie überlegte; eigentlich brauchte sie heute nichts, sie sagte es ihrem Vater. »Ach was«, er lächelte, »der Appetit kommt beim Essen!«

Einige Zeit später saßen sie im Auto und fuhren Richtung Hamburg. Jasmin war leicht geschminkt und hatte ein schwarzes enges Cocktailkleid angezogen. Sie unterhielten sich über alltägliche Dinge, und Jasmin suchte im Radio einen Sender, der zu dieser Zeit noch gute Discomusik brachte. Sie mochte Nachtfahrten auf der Autobahn, und bei der richtigen Musik vermittelten sie eine seltsam angenehme Atmosphäre, die eben nur von Nachtfahrten auf Autobahnen erzeugt werden konnte. Entspannt saß sie neben ihrem Vater und lauschte der Musik. Die Zupkos brauchten eine gute Stunde bis Hamburg, und weil sie es nicht eilig hatten, fuhren sie noch ein wenig durch die Stadt. Jasmin, die Hamburg zuvor noch nie gesehen hatte und von München einiges gewohnt war, staunte über die vielen Leuchtreklamen und Nachtbars. Hamburg war für sie genauso faszinierend wie München, aber Hamburg hatte ein bestimmtes Flair, das nur ganz wenige Städte haben.

»Einfach so rumfahren und aus dem Fenster gucken bringt nichts«, stellte ihr Vater fest. »Ich schlage vor, wir parken den Wagen irgendwo und gehen zu Fuß.« Zupko sah seine Tochter an. »Wenn ich dich so sehe, würde ich dich auf etwa zwanzig schätzen.«

Jasmin verzog pikiert das Gesicht. »Vielen Dank.«

Zupko grinste. »Ich denke, das ist alt genug für die Reeperbahn.«

Sie stellten den Wagen unweit des Fischmarktes ab und gingen in die Richtung, aus der die meisten Leute kamen. Sie mischten sich unter die Menschen und spazierten die Meile hinab. Jasmin hatte fast vergessen, weswegen sie hier waren. Für einen Telepathen ist die Reeperbahn noch ein wenig interessanter als für einen »Normalsterblichen«. Etwas, was Zupko natürlich wusste.

»Also, ich weiß nicht, wie es dir geht, aber ich könnte langsam was essen!« Er sah sie fragend an, aber Jasmin reagierte nicht, stattdessen schaute sie einem etwas älteren Mann nach und schüttelte den Kopf.

»Jasmin!« Zupko klopfte seiner Tochter auf die Schulter.

Sie wendete sich zu ihm um: »Was?«

Und ihr Vater wiederholte, was er eben gesagt hatte: »Ich gab gerade von mir, dass ich langsam etwas essen könnte!«

Sie sah ihn abwesend an, dann blickte sie sich kurz um und schaute wieder ihren Vater an. »Mann, der Typ war ja richtig abartig!«

Zupko ließ die Bemerkung im Raum stehen. »Ich denke, wir sollten uns ein ruhiges Plätzchen suchen und zusehen, das wir etwas zu trinken bekommen. Wohin würdest du gehen, um etwas zu bekommen?« Zupko blickte seine Tochter an.

»Bitte nicht in diesem Lehrerton, ich habe Ferien, Papa!« Sie lächelte. »Ich glaube Parks, Bahnhöfe, Autobahnen, und auf keinen Fall Discos.«

»Die Autobahn?« Zupko war ehrlich erstaunt. »Wieso denn die Autobahn?«

Jasmin sah ihn fast vorwurfsvoll an: »Hast du den Jungen an der Ausfahrt nicht gesehen, der nach Bremen wollte? Ich glaube, so wie der aussah, können wir uns noch Zeit lassen, der steht bestimmt auch morgen noch da.«

Ihr Vater sah sie an und musste lachen. »Vorsicht, Hochmut kommt vor dem Fall!« Er war fast dreihundert Jahre älter als seine Tochter und immer bedacht gewesen, möglichst einsame Menschen zu »treffen«, aber Jasmin hatte da eben eine Möglichkeit genannt, die ihm noch nie eingefallen war. Und dabei war sie so bequem wie ein Drive-in-Lokal. »Nichts wie zum Auto, Tochter. Ich habe Durst!« Zupko riss theatralisch die Augen auf und leckte sich über die Lippen.

Jasmin sah dem Schauspiel zu und bemerkte dann trocken: »Also, Papa, wenn du diese Show abziehst, kauft dir jeder Skeptiker den Vampir ab.«

Zupko grinste und dachte bei sich: Das, Mädchen, haben schon viele andere gesagt und gedacht.

Kurze Zeit später fuhren sie über die Stadtautobahn zurück Richtung Kiel, um noch einmal an der Ausfahrt vorbeizukommen, an der der Junge stand. Jasmin hatte auf dem Rücksitz Platz genommen und sah aus dem Seitenfenster. Eigentlich, dachte sie, könnte ich doch etwas vertragen. Und sie spürte ein leichtes Kribbeln im Bauch bei dem Gedanken.

Sie erreichten die gegenüberliegende Ausfahrt.

»Da, siehst du, auf der anderen Seite, der steht immer noch da, habe ich doch gesagt!«

Zupko verließ die Autobahn, um auf der anderen Seite wieder draufzufahren. »Lass mich das machen, Jasmin.« Er hielt unmittelbar hinter dem Jungen an, und der Jugendliche beeilte sich, den Wagen zu erreichen.

»Guten Abend, Sie fahren Richtung Bremen?«

Zupko bejahte. »Steig ein.«

Der Junge ließ sein Pappschild am Straßenrand liegen und setzte sich auf den Beifahrersitz.

Jasmins Vater fuhr an, lenkte den Wagen auf die rechte Spur der Autobahn und fragte den Jungen nebenbei: »Haben Sie denn keine Angst, dass Sie um diese frühe Stunde nicht der falsche Wagen mitnimmt?«

Der Junge schüttelte den Kopf. »Nein, ich steige ja nur in Autos ein, deren Insassen einen vernünftigen Eindruck machen.«

Zupko lachte. »Danke für das Kompliment!« Und er sah seine Tochter im Rückspiegel an.

Jasmin saß schweigend da und beobachtete die beiden genau. Sie fragte sich, wann ihr Vater endlich anfangen würde.

Zupko beugte sich leicht nach vorn und schaltete das Radio ein. »Ich mache ein wenig Musik an. Ich hoffe, Sie haben nichts gegen die Hottentotten-Musik meiner Tochter«, seine Stimme wurde unmerklich ein wenig eindringlicher, als er weitersprach. »Um diese Zeit wird man nämlich, ohne es zu merken, sehr schnell«, er lehnte sich wieder zurück und sah seinen Beifahrer lächelnd an, dabei betonte er das letzte Wort besonders, »müde.«

Schläfrig wendete der Junge ihm den Kopf zu. »Nein, ich höre es … auch … sehr gern.« Ihm waren die Augen zugefallen.

Jasmins Vater verließ an der nächsten Abfahrt die Autobahn und hielt wenig später an der Mündung zu einem Feldweg.

»Langweilig, deine Art an Getränke zu kommen!«, flüsterte Jasmin.

Er sah sich um und blickte seine Tochter an. »Du brauchst nicht zu flüstern, der junge Mann schläft wie ein Toter. Komm, steig aus, ich zeige dir, wie es geht.«

Das, was vorher nur die normale Unruhe war, die Zupko verspürte, wenn er etwas trinken musste, steigerte sich jetzt, da er sein Opfer wehrlos neben sich sah, in echte Nervosität. Schnell stieg er aus und ging um den Wagen herum zur Beifahrertür. Jasmin merkte auch, wie sich in ihr das Verlangen regte, an Blut zu kommen. Sie stieg ebenfalls aus und stand neben ihrem Vater, als er die Beifahrertür öffnete. Das Radio dudelte immer noch vor sich hin und erzeugte eine Atmosphäre der Normalität. Und so empfand es Jasmin fast als selbstverständlich, als ihr Vater den schlaffen Arm des Jungen nahm und ihm den Norwegerpullover bis über den Ellenbogen hochschob. Er griff in die Innentasche seines Anzugs und zog das kleine Kästchen hervor, das er Jasmin gestern gezeigt hatte. Zupko musste sich zusammenreißen, er wollte auf keinen Fall seine Gier offen vor seiner Tochter zeigen. Er atmete schneller, und Jasmin entging trotz allem nicht, dass seine Hände zitterten, als er die Nadel aus der Schatulle nahm. Jasmins Vater drückte den Oberarm des Jungen fest zusammen und seine Venen traten deutlich hervor. Dann nahm er die Nadel, setzte sie an und stach geübt zu. Sofort schoss Blut aus der schwarzen Perle am anderen Ende. Jasmin sah den feinen pulsierenden Strahl im diffusen Licht der Innenbeleuchtung des Wagens. Ihre Augen weiteten sich, aber sie hielt sich zurück. Es sollte heute ihre erste Lektion in Sachen Selbstdisziplin werden und für einen Anfänger hielt sie sich sehr gut.

Zupko kniete neben der Beifahrertür nieder, ohne auf die staubige Straße zu achten. Er legte die Lippen um die schwarze Kugel, schloss die Augen und genoss den Geschmack, während er die lauwarme schwere Flüssigkeit wie aus einer Milchtüte saugte. Jasmin wendete sich ab, atmete ein paar Mal tief durch und starrte auf das dunkle Feld hinaus. Sie wartete ab, bis ihr Vater endlich aufstand.

Kurz darauf drehte er sich zu ihr um. »Du kannst es jetzt auch versuchen!« Zupko presste den Daumen auf die Öffnung der Perle.

Jasmin antwortete nicht, stattdessen nahm sie den Platz ihres Vaters ein, und Zupko überließ ihr die Nadel. Er sah, wie sie gierig saugte, und ließ sie gewähren.

Nach einer Weile legte er ihr die Hand auf die Schulter. »So, das reicht, glaub ich. Sonst bringen wir den armen Teufel noch ins Grab.«

Jasmin ließ sich nicht stören. Zusammengekauert saß sie neben dem Beifahrersitz und saugte wie eine Besessene an der Nadel.

»Ich sagte, Schluss jetzt, Jasmin!« Zupko fasste um ihre Hand, mit der sie die Nadel hielt, und zog das Mädchen vom Körper des Jungen weg.

Die Kanüle noch immer umklammert verlor Jasmin das Gleichgewicht und fiel rückwärts auf den Hintern, wobei sie die Nadel aus der Vene des Jungen riss. Zupko sah sie an, während er sich über den Arm des Jugendlichen beugte, um den Einstich abzudrücken. Jasmin bot das Bild einer klassischen Drogenabhängigen. Den Kopf leicht vornübergebeugt, ihre Haare wild über das Gesicht hängend und ihre Arme wie die des Jungen schlaff neben sich auf dem staubigen Schotter liegend, hielt sie noch immer die Nadel fest umklammert.

Dann hob sie langsam den Kopf und sah ihren Vater an. »Scheiße, ich kann mich einfach nicht beherrschen, wenn ich das Zeug auf der Zunge spüre!«

Zupko hob wortlos die Augenbrauen und zuckte mit den Schultern. Dann wendete er sich wieder ab und kontrollierte den Arm des Jungen. Es hatte schon aufgehört zu bluten. Ein leichter blauer Fleck bildete sich um den Einstich.

Zupko kaute auf seiner Unterlippe und verzog belustigt das Gesicht. »Ich hoffe, dass er aufwacht, bevor ihn eine Polizeistreife findet. Morgen früh wird er aussehen wie nach einer Sauftour, und sich auch so fühlen. Und sollten die Polizisten noch seinen Arm sehen, wird er ziemlich viel zu erklären haben, denke ich. Aber das ist sein Problem. Steig ein, Jasmin, wir bringen den jungen Mann zurück!« Zupko schloss die Beifahrertür und sie fuhren zurück auf die Autobahn.

»Irgendwie habe ich noch Jap, Papa!«

»Zu Hause haben wir noch Hühnchen«, erwiderte er und sah sie flüchtig im Rückspiegel an.

Jasmin saß entspannt in der Mitte der Rücksitzbank und hatte die Arme locker über die Lehnen der Vordersitze gelegt. Jetzt aber verzog sie angewidert das Gesicht und ließ ihren Oberkörper zurückfallen. Gespielt streckte sie ihrem Vater die Zunge raus und antwortete auf sein Angebot: »Pfui! Ich verzichte.«

Zupko zuckte mit den Schultern: »Wie du meinst.« Er stellte am Radio einen anderen Sender ein. »Wie kannst du nur den ganzen Tag solche schlechte Musik hören? Zu meiner Zeit hörten …«

Sie unterbrach ihren Vater: »Zu deiner Zeit habt ihr Mozart und so was gehört.«

»Ich glaube, du brauchst noch ein paar Lektionen in Geschichtsunterricht, meine Tochter!«

Sie legten den Jungen hinter die Leitplanke, an der sie ihn aufgelesen hatten, bevor sie nach Hause fuhren.

Die restlichen Tage der Woche vergingen wie im Flug. Nachts ging sie, wie Jasmin mittlerweile sagte, mit ihrem Vater zusammen jagen, dann schliefen sie den halben Tag, und wenn sie nachmittags aufwachten, erledigten sie die anfallenden Hausarbeiten. Da sie ja auf Diät waren, wie sie spaßeshalber ihm gegenüber einmal bemerkte, verkürzte sich der Zeitaufwand für diese lästigen Pflichten rapide, denn sie brauchten natürlich nicht einzukaufen oder abzuwaschen. Danach legten sie sich im Garten in die Sonne oder gingen spazieren.

Jasmin hatte sich mit ihrem neuen Leben abgefunden, ab und zu kam zwar noch das Gefühl, etwas Unrechtes zu tun, in ihr auf, aber immer häufiger freute sie sich auf die bevorstehende Nacht, wenn der Tag zu Ende ging und der Abend anbrach. Ja, es passierte ihr immer öfter, dass sie Spaß bei den nächtlichen Aktionen empfand, aber das hätte sie ihrem Vater nie gesagt. Sie spürte, dass er dieses Thema wie ein Tabu behandelte – man tat es, weil es sein musste, und das war alles. Langsam kam ihr zu Bewusstsein, welche Macht sie hatte, welche Macht sie über Menschen hatte. Das war ein herrliches Gefühl, das sie mit jeder Nacht mehr und mehr auskostete. Doch das alles behielt sie für sich.

Zupko war froh, dass Jasmin das Ganze anscheinend ohne psychische Probleme bewältigte. Das Einzige, was ihm noch Sorgen bereitete, war der Umstand, dass sie immer noch zu erhaben war. Und das war ein gefährlicher Fehler. Auch wenn sie seit ihrer Eskapade in Kiel vorsichtiger und planvoller handelte.

Langsam reifte in Jasmin eine Idee, die sie sich erst nicht traute, ihrem Vater gegenüber zu äußern. Doch als sie die »letzte« Nacht in diesem Monat hinter sich hatten und am späten Nachmittag im Garten lagen, sprach Jasmin ihren Vater darauf an: »Ich werde München aufgeben und zu dir ziehen.«

Zupko sah sie an. »Freut mich, ich hatte gehofft, dass du dich so entscheidest.«

In einem fast beiläufigen Ton redete Jasmin dann weiter: »Ich bin jetzt sechzehn, ich glaube, du könntest mich langsam im Geschäft einarbeiten.«

Zupko verzog leicht das Gesicht: »Das allerdings finde ich nicht so berauschend.«

Jasmin atmete betont laut durch und setzte sich auf ihrer Sonnenliege auf. Genau diese Antwort hatte sie erwartet. »Und warum nicht?«

Ihr Vater sah sie jetzt an. »Es ist ein hartes Geschäft, Jasmin. Du brauchst sehr viel Fachkenntnis, deshalb ist es, glaub mir, besser, du machst die Schule zu Ende und studierst Kunstgeschichte.«

Jetzt wurde Jasmin ärgerlich: »Wozu, es ist verlorene Zeit, Abi zu machen. Du kannst mir doch alles beibringen!«

»Sicher könnte ich das, aber trotzdem ist es besser, alles auf der Uni zu lernen. Die Leute, gegen die du dich behaupten musst, haben dasselbe getan, nur dass du zusätzlich von meinen rund hundert Jahren Berufserfahrung profitieren kannst. Ich darf dich außerdem daran erinnern, dass Zeit nicht zu deinen Problemen zählt.« Er dachte einen Moment nach, und dann fuhr er lächelnd fort: »Außerdem legt die Kundschaft in unsere Branche sehr viel Wert auf ein Diplom in den Geschäftsräumen.«

Einhundert Jahre Berufserfahrung! Jetzt, wo ihr Vater das sagte, musste sie unwillkürlich anfangen zu lachen.

Zupko sah sie verständnislos an, er hatte ja alles erwartet, nur nicht, dass sie jetzt lachte. »Eigentlich ein sehr ernstes Thema, Jasmin. Weshalb lachst du?«, fragte er schmunzelnd.

»Ach nichts, hört sich nur komisch an.«

»Was hört sich komisch an?«

»Na, eben deine einhundert Jahre Berufserfahrung!«, erklärte sie. Aber als sie sah, dass er immer noch nicht verstand, beließ sie es dabei.

Ihr Vater zuckte mit den Schultern und wechselte das Thema. »Wenn du noch über die Sache mit dem Umzug nachdenken willst, wir haben ja noch Zeit genug. Ansonsten telefoniere ich mit München und melde dich überall ab. Dann buchen wir einen Flug dahin und bleiben ein paar Tage in der Stadt. Du kannst dich dann in Ruhe von deinen Freunden verabschieden und ich sehe nach dem Geschäft. Danach mieten wir einen Transporter und fahren mit deinen Sachen wieder nach Hause.« Er dachte kurz nach, bevor er weiterredete. »Den Laden in München werde ich nicht aufgeben, er läuft zu gut, und wir haben außerdem einen Namen da unten. Aber ich spiele mit dem Gedanken, in Hamburg noch eine Filiale zu eröffnen.« Er grinste: »Hamburg/München, wie findest du die Idee?«

»Hört sich gut an, wirklich«, antwortete Jasmin ehrlich und sagte nach einer kurzen Pause: »Ich habe lange genug darüber nachgedacht, ob ich hierher ziehe oder nicht. Ich glaube, wir können es demnächst angehen.« Sie drehte sich um und lag jetzt auf dem Bauch.

Zupko hatte die Augen geschlossen und genoss die Sonne. »Eines ist aber klar, die Schule machst du trotzdem zu Ende, auch hier oben!«

»Ja, ja.« Sie schob ihre Haare zur Seite, damit die Sonne auch auf ihren Nacken schien. Eine Weile lagen sie still nebeneinander, dann sagte Jasmin wie zu sich selbst: »Ich habe tierischen Jap auf Eis, ganz besonders Erdbeere und Vanille.«

Ihr Vater sah sie an. »Großartig, ich hatte keine Lust, allein zu fahren!«

Jasmin streifte sich ein weites, luftiges Sommerkleid über ihren Bikini und Zupko zog ein weißes T-Shirt und weiße Shorts an.

Der sportliche Anblick, den ihr Vater jetzt bot, war für Jasmin ungewohnt, und sie sagte ihm grinsend: »Steht dir echt gut, macht dich bestimmt zweihundert Jahre jünger. Aber du siehst aus, als kämmst du geradewegs vom Tennisplatz!«

»Na und?« Er sah an sich herunter und blickte sie wieder an. »Ich habe Urlaub!«

Die Fahrt nach Kiel verlief weitgehend schweigsam, doch als sie mehr als die Hälfte des Weges hinter sich hatten, sah

Zupko sie von der Seite aus an und sagte: »Vielleicht lerne ich ja doch noch richtig Tennis spielen, ich habe eigentlich schon viel zu lange nicht mehr gespielt.«

Seine Tochter sah ihn fragend an, und Zupko erklärte ihr mit ernster Miene: »Schau mal, ich bin Kunsthändler mit demnächst zwei Filialen in großen Städten. Aber weder bin ich in einem VIP-Klub, noch kenne ich berühmte Ärzte!«

Jasmin schüttelte den Kopf und dachte sich ihren Teil.

Zupko brauchte zwei Tage, um die Reise nach München telefonisch vorzubereiten. Dann fuhren sie nach Hamburg, stellten den Wagen am Flugplatz ab und flogen nach Bayern. Jasmin gab eine Party im Internat und verabschiedete sich von ihren Freunden mit dem Versprechen, sie bald wieder zu besuchen.

Zupko sah, wie er gesagt hatte, nach seinem Geschäft. Der Geschäftsführer leitete den Laden schon viele Jahre zu seiner Zufriedenheit sehr gut; er hatte ihn damals eingestellt, um das tun zu können, was er am meisten an seinem Beruf liebte: weltweit Ausstellungen zu besuchen und selbst zu den Auktionen zu gehen. Aber jetzt nutzte er die freie Zeit zwischen den einzelnen Terminen, um die Eröffnung der neuen Filiale vorzubereiten.

Die Zeit in München verging deshalb für beide sehr schnell, und der Tag der Abreise zurück nach Kiel und auch der Termin für das diesjährige Familientreffen rückten immer näher. Und bald schon saßen sie in einem bis unters Dach vollbepackten Kleintransporter, der sich mühsam die Berge hochquälte, und Zupko stellte fest, dass von denen genug zwischen München und Hamburg liegen, wenn man das falsche Auto für diese Strecke hatte.

Jasmins Vater hätte nie gedacht, dass der Bulli so voll sein würde, aber wie immer bei Umzügen sah es auch diesmal in den Räumen weniger aus, als es in Wirklichkeit war, wenn man das Problem hat, den ganzen Kram irgendwie ins Auto zu bekommen. Der Transporter hatte kein Radio, und so mussten die lange Fahrt über Tüten von Lakritze und Gummibärchen für Ablenkung sorgen. Unglaublich oft, und unverständlicherweise für Zupko, empfing und verschickte Jasmin SMS. Zudem telefonierte sie in den »SMS-Pausen« lebhaft, sodass er schon langsam ein schlechtes Gewissen bekam, dass er sie so unsanft aus ihrer vertrauten Umgebung gerissen hatte. Dann war irgendwann eine Zeit lang Ruhe und er nutze die Pause.

»Noch ungefähr drei Wochen bis zum Treffen. Freust du dich auf die Reise?«

Jasmin überlegte, sie hatte sich die Frage auch schon gestellt und war sich bis jetzt noch nicht richtig im Klaren darüber. »Einerseits denke ich schon«, erwiderte sie, »aber ich kenne die Leute ja nicht, ich meine, außer uns beiden habe ich ja noch nie jemanden gesehen, der so wie wir …« Sie grinste etwas unsicher. »Na, du weißt schon. Wird aber bestimmt trotzdem ganz lustig!«

Zupko sah sie kurz an und meinte: »Ich weiß natürlich nicht, wie viel Neue dieses Jahr kommen, aber es gibt einige, die erst zwei, drei Jahre dabei sind. Sind ein paar nette Leute drunter. Und bestimmt haben alle auch Handys …«

Sie überging seine provokative Anspielung und stellte ihm eine direkte Frage: »War Mutter auch bei diesen Treffen?« Jasmin sah ihren Vater an und unter ihrem Blick wurde es ihm unbehaglich.

»Nein, deine Mutter war nie dabei, sie war nicht wie wir. Es ist zwar nicht verboten, aber es war verständlicherweise nicht ihr Fall. Sie flog einige Male mit mir runter, hielt sich dann aber meistens im Hotel auf.«

Jasmin merkte natürlich, dass es ihrem Vater nicht gefiel, über ihre Mutter zu reden. Aber sie glaubte, jetzt, da sie ein gemeinsames Geheimnis hatten, sollte er ihr endlich mehr von ihr erzählen. Außer dass sie bei ihrer Geburt gestorben war, wusste sie fast nichts von ihr, und ihr Vater war, wenn sie das Thema in der Vergangenheit ansprach, immer sehr abweisend gewesen. Und aus diesem Grund kam es sehr selten vor, dass sie ihn überhaupt nach ihr fragte.

»Wie ist sie gestorben?«

Zupko schwieg, er hatte erwartet, dass sie das jetzt fragte. Es wurde dämmerig und er schaltete das Licht ein. Jasmins Vater merkte, dass jetzt der Zeitpunkt gekommen war, ihr die Wahrheit zu sagen.

Seine Tochter sah ihn forschend an, das Mädchen spürte, dass etwas an der Geschichte nicht stimmte: »Es ist nicht bei der Geburt passiert, nicht wahr?«

Er ließ sich Zeit mit der Antwort, und es sah für Jasmin beinahe so aus, als hätte er ihre Frage gar nicht gehört. Ihr Vater vermied es sie anzusehen und blickte stur geradeaus auf die Straße.

»Ich habe dir nicht die Wahrheit über deine Mutter erzählt. Ich konnte nicht, aber glaub mir, ich habe es bestimmt nicht gern getan.« Es war endlich raus, aber besser fühlte er sich nicht.

Jasmin hatte das erwartet. Ihre Gedanken überschlugen sich. Hast du …, ich meine, ich weiß ja, wie es ist, ich würde …« – es verstehen, wollte sie sagen –, aber er unterbrach sie schroff.

»Nein! Ich habe sie nicht getötet, ich war schuld, dass sie starb, aber ich war es nicht!« Er wurde laut und war empört darüber, dass Jasmin diese Möglichkeit überhaupt in Betracht zog, aber dann sah er ein, dass dieser Gedanke natürlich gar nicht so abwegig war, und beruhigte sich wieder. Unsicher blickte er sie an.

Jasmin hatte Tränen in den Augen und schaute in den immer deutlicher werdenden Lichtkegel der Scheinwerfer.

Zupko sah wieder nach vorn auf die Straße und begann zu erzählen: »Es war in einer Herbstwoche, es war Vollmond, und ich musste trinken. Deine Mutter wusste das natürlich, sie lebte zu diesem Zeitpunkt schon mehr als sechs Jahre damit. Und so fuhren wir nachts los und haben einen Obdachlosen irgendwo aufgelesen. Hin und wieder kam sie mit mir mit, hielt sich dabei aber immer im Hintergrund.« Er überlegte und redete dann weiter: »Ich glaube, es half ihr dabei, alles zu verstehen. Wir wohnten in einer kleinen Stadt, deswegen fand ich es besser – obwohl es immer nur wenige Minuten dauerte –, in den Wald zu fahren, um es dort zu tun. Deine Mutter hatte sich an die Nadel gewöhnt und akzeptierte das alles. Aber dieses Mal hatte ich sie nicht bei mir. Ich merkte schon zu Hause, dass der Drang sehr stark wurde, und wollte nicht, dass sie »spendete.« Er suchte nach Worten. »Also zog ich hastig einen Mantel an, doch es war der falsche. Das merkte ich aber erst, als ich im Wald nach der Nadel suchte. Im ersten Moment dachte ich, ich hätte sie verloren, bis ich schließlich meinen Irrtum bemerkte. Ich sagte es deiner Mutter. Sie wendete sich ab und meinte, ich solle es anders tun. Sie entfernte sich einige Meter vom Wagen, und als ich mich vergewissert hatte, dass sie mich in der Dunkelheit nicht mehr sehen konnte, biss ich dem Mann in den Arm. Ich …« Er zögerte. »Es überkam mich ein Gefühl, das du von Kiel her kennst. Ich fand kein Ende und tötete ihn. Deine Mutter war schockiert, sie wusste natürlich, obwohl sie es selbst nicht nachempfinden konnte, was mit mir los war. Sie kam wie immer nach einiger Zeit zu mir zurück, und als sie sah, was ich getan hatte, war sie so entsetzt, dass sie laut aufschrie, aber sie fasste sich sofort wieder. Dann brachte sie mich wieder zur Vernunft. Aber wie gesagt, es war Herbst, und es war Jagdsaison. Einer der Jäger beobachtete uns, nachdem er auf Mutter aufmerksam geworden war, durch sein Nachtsichtgerät. Er hatte alles gesehen, was nach ihrem Schrei passierte. Er musste mich mit blutverschmiertem Gesicht und Anzug entdeckt haben, wie ich die Leiche in den Kofferraum legte. Ich wollte nicht mehr töten und hatte es doch getan. Ich war völlig am Ende, und deshalb bemerkte ich wahrscheinlich nicht, wie der Jäger seinen Hochsitz verließ und sich an uns heranschlich, bis ich es endlich im Unterholz knacken hörte. Das alarmierte meine Sinne. Ich ›horchte‹ und machte den Mann aus. Der Jäger musste keine hundert Meter mehr entfernt gewesen sein. Gedanken durchsetzt von Angst und Ratlosigkeit. Er hatte sich vorgenommen, uns mit seiner Waffe in Schach zu halten und seine Kameraden zu rufen. Ich sagte deiner Mutter, dass sie ins Auto steigen sollte. Sie beeilte sich. Dann startete ich den Wagen und gab Vollgas. Die Reifen drehten auf dem mit Split bestreuten Weg durch, und so verloren wir wertvolle Sekunden. Sekunden, in denen der Jäger durch das Unterholz lief und uns näher kam. Wir mussten, um aus dem Wald zu kommen, eine enge Kurve fahren, nach der der Weg in die Landstraße mündete. Ich konnte auf einmal die Gedanken von drei Männern ausmachen. Aber einer war zum Glück noch sehr weit entfernt. Der, der uns entdeckt hatte, musste sie gerufen haben, als ich bereits im Wagen saß und versuchte, wegzukommen. Wir fuhren in die Kurve, und der Jäger kürzte seinen Weg ab, indem er längs durch den Wald lief. So schaffte er es, ein gutes Stück vor uns auf die Straße zu springen. Er hob die Waffe und stand direkt vor uns auf dem Weg. Ich gab Gas in der Hoffnung, er würde zur Seite springen. Das tat er auch oder zumindest versuchte er es. Ich glaube, dass er, während er sprang, irgendwo vorn am Wagen hängen blieb. Der Mann wurde im Sprung herumgerissen und schlug mit dem Kopf an die Seitenscheibe, das Glas zersplitterte, es wurde augenblicklich kühl im Wagen. Deine Mutter schrie, und ich merkte, wie wir den Körper überrollten. Im Spiegel sah ich, dass wir den Jäger mitschleiften. Ich hielt den Wagen an, um irgendwie den Körper loszubekommen. Doch als ich das Auto endlich zum Stehen bekommen hatte und ausgestiegen war, sah ich, dass der Mann schon weit hinter uns auf dem Schotter lag. In dem Moment sprang sein Kamerad auf den Weg und schrie mit entsetztem Gesicht, ich solle die Arme hochnehmen und mich nicht bewegen! Das tat ich natürlich nicht. Ich wollte in den Wagen steigen, als er schoss. Ich war sicher, er würde es nicht tun, oder wenn, dann nur auf das Auto. Aber er war in Panik. Es war zu meinem Glück kein Schrot. Die Kugel durchschlug meine Schulter und ich wurde gegen den Wagen geschleudert. Der Jäger hatte nur eine einläufige Flinte, und das war zumindest vorerst unser Glück. Ich rappelte mich vom Boden auf und stieg, so schnell es mir möglich war, in den Wagen.

Deine Mutter schrie vor Angst, sie war völlig in Panik. Ich fuhr los. Doch als wir die Straße erreicht hatten und ich schon glaubte, wir hätten es geschafft, feuerte der Mann ein zweites Mal. Das Geschoss zertrümmerte die Heckscheibe und traf deine Mutter in den Oberkörper. Sie lebte noch. Aber einige Stunden danach war sie verblutet, während wir versuchten, jemanden aus der Familie zu erreichen.« Er sah Jasmin an, sie saß stumm da und starrte mit aufgerissenen Augen nach vorn auf die Fahrbahn.

Zupko beschloss, ihr den Rest auch noch zu erzählen. Er hatte es dann endlich hinter sich und brauchte sie nicht zweimal zu quälen. Und so erzählte er weiter: »Der Jäger konnte der Polizei eine genaue Beschreibung von mir und deiner Mutter geben.« Zupko überlegte, dass er den Wagen in einem Kanal versenkte und vorher dem Toten mit dem Taschenmesser aus dem Handschuhfach das Gesicht und Teile des Körpers unkenntlich machte, sodass er nicht mehr zu identifizieren war, bevor er ihn hinter das Steuer setzte, das verschwieg er seiner Tochter. Ihm wurde heute noch immer übel, wenn er über diesen Abend nachdachte, aber damals war es aus seiner Sicht die einzige Möglichkeit.

Stattdessen fuhr er fort und hoffte, dass sie keine Fragen stellte. »Ich begrub Mutter und versenkte den Wagen in einem Kanal. Dann ließ ich mir von jemandem aus der Familie die Kugel entfernen und versteckte mich bei ihm, bis die Wunde verheilt war. Die Polizei nahm an, weil der Jäger aussagte, er hätte mich angeschossen und dann ein zweites Mal ge-feuert, deine Mutter und ich wären entweder untergetaucht oder beide gestorben. Der Wagen wurde einige Jahre später bei Baggerarbeiten im Kanal gefunden. Aber der Fall wurde nie aufgeklärt. Kurz nach der ganzen Sache wurde ich bei einer – wie sagt man? – allgemeinen Verkehrskontrolle an-gehalten. Das Phantombild war gut, aber nach einem Verhör auf dem Revier waren sich die Polizisten einig, dass sie es bei mir mit einem perfekten Doppelgänger zu tun hatten, und sie verzichteten nur deswegen darauf, den Jäger zu einer Gegenüberstellung zu holen, weil ich keine Narbe oder eine Verletzung an der Schulter hatte. – Einer unserer Vorteile. Das war die Geschichte.« Er sah seine Tochter an.

Sie weinte still und sah aus ihrem Seitenfenster.

Es war mittlerweile sehr dunkel geworden, und die Stei-gung der Autobahn nahm rapide zu, sodass Zupko in den dritten Gang zurückschalten musste. Der Motor drehte nun hochtouriger und der Transporter kroch mit knapp neunzig km/h den Berg hinauf.

»Das sind die dunklen Seiten, die zu unserem Leben gehören. Es muss nicht so kommen, aber aufgrund unserer hohen Lebenserwartung ist es fast sicher, dass wir irgendwann einmal einen schwereren Fehler machen. Und meistens sind es Kleinigkeiten, die wir übersehen, die dann aber eskalieren.« Und wie um sich zu verteidigen, fügte er hinzu: »Der Wald ist fast immer ideal, nur nicht im Herbst.«

Jasmin sah noch immer aus dem Fenster, sie musste alles verdauen, und ihr Vater ließ ihr die Zeit dazu. Es war noch weit bis Kiel und der Bulli schleppte sich mühsam an den wenigen Lkws vorbei.

Sechs Stunden später standen sie vor ihrer Haustür. Zupko war völlig ausgelaugt und legte sich gleich ins Bett. Jasmin packte schweigend die Sachen aus, die sie am meisten vermisst hatte, und legte sich auch auf ihr Bett. Sie hatte während der Fahrt nicht schlafen können, zu viel ging ihr durch den Kopf, und es war jetzt nicht anders. Nach einiger Zeit holte sie sich noch ihren großen Teddybär aus dem Wagen und schaffte es doch, einzuschlafen, sie träumte etwas, vielleicht von ihrer Mutter. Doch als sie später aufwachte, konnte sie sich nur daran erinnern, von einer Frau in die Arme genommen worden zu sein – und dass sie sich bei ihr geborgen fühlte.

Diesen Morgen schliefen sie lange. Jasmin stand ausnahmsweise einmal früher auf als ihr Vater und bereitete das Frühstück vor. Dann ging sie mit dem Tablett und frisch duftendem Kaffee in sein Schlafzimmer, um ihn zu wecken. Sie setzte sich zu ihm aufs Bett und fing an, sich ein Brot vorzubereiten.

Zupko lobte sie für dieses seltene Vergnügen, und während er an seinem heißen Kaffee nippte, sagte er: »Ich werde heute einen Flug nach Ägypten buchen. Wir fliegen in zwei Wochen von Hamburg.«

Jasmin nickte still. Sie freute sich auf die Reise. Aber bei dem Gedanken an die Familie wusste sie nicht so recht, was sie empfand. Es waren Leute wie ihr Vater – wie sie –, aber dennoch war es irgendwie beunruhigend. Nicht allein deswegen, weil sie größtenteils alle älter sein würden als sie, viel älter, nein, ihr Vater sagte, sie kämen aus unterschiedlichen Kulturen und nur ihre gemeinsamen Eigenschaften ketteten sie aneinander. Ein für sie faszinierender Gedanke, aber sie konnte sich vorstellen, dass es Angehörige von Nationalitäten gab, die entschieden brutaler zu Werke gingen als ihr Vater, nicht nur weil es in ihrem Heimatland nicht so schnell auffiel, wenn jemand verschwand, sondern weil die ganze Mentalität anders war. Und das musste doch eigentlich im Laufe der Zeit Einwirkungen auf die Gemeinschaft der Familie haben. Aus diesem Grund konnte sie *sich* auch nicht vorstellen, dass das Ritual so »zivilisiert« ablaufen sollte, wie ihr Vater sagte. Doch sie fühlte sich bei ihm sicher, und so nahm sie sich vor, abzuwarten und alles auf sich zukommen zu lassen.

Zupko setzte sich aufrecht hin, sah kurz aus dem Fenster, und als er seine Tochter wieder anblickte, sagte er lächelnd: »Nochmals danke, Jasmin, für das Frühstück, das könnte mir öfter passieren.«

Das Mädchen erwiderte sein Lächeln, und ihr Vater redete weiter: »Ich habe es mir überlegt, Maus. Ich werde heute nach Hamburg fahren und mich ein wenig auf dem Immobilienmarkt umsehen, wenn du möchtest, kannst du ja mitkommen. Es hat zwar wenig mit Kunsthandel zu tun, aber ein Geschäft zu eröffnen ist trotzdem recht interessant. Wir werden mit München telefonieren, es soll jemand hochkommen, der die Suche nach einem Angestellten übernehmen kann. Wir werden ein wenig die Werbetrommel rühren und gehen dann in den ›Urlaub‹. Den Rest, bis auf die Eröffnung, können dann auch die Angestellten erledigen.«

Jasmin freute sich. Sie war von der Spontanität ihres Vaters schon immer beeindruckt gewesen. Ab und zu bot er doch handfeste Überraschungen. »Gut, ich komme mit.« Sie zögerte einen Moment. »Was zieht die Dame von Welt an?«

Er lachte. »Etwas Elegantes, aber nicht zu spießig.« Er sah sie an und meinte dann: »Vielleicht noch ein wenig unauffällig schminken, ich denke, das wird reichen.«

Zupko telefonierte vom Auto aus mit der Geschäftsstelle in München. Er hatte seinen Angestellten gegenüber natürlich schon angedeutet, dass er vorhatte, in naher Zukunft vielleicht noch eine Geschäftsstelle in Hamburg zu errichten. Und deshalb kam sein Anruf auch nicht allzu überraschend. Der Geschäftsführer erklärte sich sofort bereit, ihn bei den Vorbereitungen zu unterstützen.

In Hamburg suchten sie alle Makler, die für sie infrage kamen, der Reihe nach auf, wie sie im Internet standen. Sie liefen an diesem Tag, bis ihnen die Füße wehtaten, und zu Hause saßen sie fast bis Mitternacht, um Kalkulationen durchzuführen. Jasmin hätte nie gedacht, dass ein Laden, noch ehe er eröffnet war, außer Rechnereien auch noch einen so langen Schwanz an Bürokratie nach sich ziehen würde. Bevor sie schlafen gingen, erstellten sie noch eine Liste mit dem, was noch zu machen war. Ein Tag war natürlich bei Weitem noch nicht genug, um alle infrage kommenden Objekte zu begutachten und auch den Rest zu erledigen.

Und so pendelten sie die nächsten Tage zwischen Kiel und Hamburg hin und her. Zwei Tage nach Zupkos Anruf in München traf der Geschäftsführer ein und kümmerte sich um die Einstellung einer geeigneten Verkäuferin. Es gab noch viel Organisatorisches zu erledigen und mit dem Geschäftsführer zu besprechen. Die Tage liefen dahin, und schließlich entschieden sie sich für eine Ladenfläche, bei der Jasmin meinte, für ihre Zwecke würden sie vermutlich kein besseres Objekt in Hamburg finden. Zupko stimmte ihr zu, auch er fand, dass das Geschäft unwahrscheinlich »was her machte«, wie sie sagte. Es lag im Zentrum von Hamburg, eine noble Fassade, ein goldenes Schild über dem klassischen Eingang mit der Aufschrift »ART – AGENTUR ROYAL« und etwas kleiner darunter »München/Hamburg«, es lag direkt zwischen einem Juwelier und einem Pelzhändler – und es war fast vollständig über Kredite finanziert. Zupko beruhigte aber die Tatsache, dass es, selbst wenn er die Mittel gehabt hätte, aus steuerlicher Sicht sowieso besser gewesen wäre, das Geschäft mit Fremdkapital aufzubauen. Sie hatten den Punkt erreicht, an dem der Geschäftsführer alles übernehmen konnte, und deshalb nutzten sie die verbleibende Zeit, um sich noch einige Bewerberinnen für die Stelle anzusehen.

Dann war der Tag des Abfluges da. Weil der Mann aus München noch alles für die Geschäftseröffnung vorbereitete und deshalb noch in Hamburg war, ließen sie sich zum Flugplatz fahren, um den Wagen nicht dort stehen lassen zu müssen. Wenig später saßen sie in einem Flugzeug Richtung Afrika. Zupko war zufrieden, bisher hatte alles sehr gut geklappt. Und auch Jasmins Telefonitis, wie er es des Öfteren bezeichnete, flaute langsam, aber sicher ab. Das war sehr gut, wie Zupko meinte, denn sie sollte sich voll auf das, wie sie es nannte, große Event vorbereiten. Er freute sich auf das Treffen. Und wenn alles glattging, würden sie pünktlich zur Eröffnung wieder zurück sein. Anders als ihr Vater, für den die Fliegerei, wie auch viele andere Dinge, Routine geworden waren, genoss

Jasmin sichtlich den Flug. Sie schoss Fotos aus dem Kabinenfenster, während ihr Vater schlief.

Es war früh am Morgen und er hatte noch eine lange Fahrt durch die Wüste vor sich, deshalb störte Jasmin ihn auch nicht. Mehrere Stunden später landete der Flieger in Kairo auf dem Flugplatz. Zupko und seine Tochter gingen die Gangway herunter und bahnten sich einen Weg durch die Menschenmassen, nachdem sie die Zollkontrolle hinter sich gelassen hatten. Sie verließen das klimatisierte Flughafengebäude durch das vollverglaste Eingangsportal und liefen gegen eine Wand aus trockenster staubiger Hitze.

Jasmins Vater fragte sich, weshalb die Familie ausgerechnet im Sommer die Treffen veranstaltete, soweit er wusste, war das aber schon immer so gewesen.

Sie standen in einer riesigen Menschenmasse, und der Wind trug von irgendeinem Turm aus den Gesang eines Muezzins herüber, der sich mit dem Hupkonzert des Verkehrschaos auf der Hauptstraße vermischte. Zupko sah seine Tochter an, und sie beschlossen, erst einmal irgendwo gut zu essen und sich dann später, nachdem die Mittagshitze etwas abgeklungen war, einen Wagen zu mieten, um sich auf den Weg zu machen. Sie hatten noch ungefähr fünfhundert Kilometer durch die Wüste zu fahren, und Jasmins Vater hoffte, dass die Klimaanlage des Jeeps diesmal funktionierte.

Sie brachten das Gepäck zurück in die Halle und schlossen es in einem Schließfach ein. Dann suchten sie sich in der Nähe des Flugplatzes ein Lokal und bestellten sich Essen, doch die Hitze hatte ihnen mehr oder weniger den Appetit verdorben, und so kamen sie über ein paar große Snacks nicht hinaus. Jasmin und ihr Vater bestellten Kaffee und Wasser, unterhielten sich über das Land und die Kultur, bis sie nach einer Stunde aufbrachen, um einen Wagen zu mieten.

Zupko suchte die Autovermietung auf, bei denen er schon immer einen Wagen gemietet hatte, seitdem es den Laden gab. Die Autos waren hier in verhältnismäßig gutem Zustand und er kannte mittlerweile auch den Inhaber ganz gut. Gleich als sie auf den Hof kamen, sahen sie, dass kein Fahrzeug mehr da war, das für eine Reise wie die, die sie unternehmen wollten, geeignet war. Der Inhaber begrüßte die Zupkos freundlich, es war schon öfter passiert, dass er keinen Wagen mehr für Jasmins Vater hatte, aber es war das erste Mal in all den Jahren, dass er lächelnd abwinkte, als Zupko ihm Trinkgeld anbot. Er deutete auf die Stühle, und nachdem er in gebrochenem Englisch Kaffee angeboten hatte, setzte er sich an das Telefon und rief einen seiner vielen Freunde an. Es dauerte keine halbe Stunde, bis ein roter Landrover auf dem Hof hielt und ein für diesen Breitengrad sehr europäisch aussehender Mann das Büro betrat, die Zupkos musterte und dann dem Vermieter die Schlüssel in die Hand drückte. Der Geschäftsmann bot ihm Kaffee an und sie vertieften sich in ein längeres Gespräch.

Nach einiger Zeit blickte Zupko auf seine Uhr und unterbrach die beiden Männer in ihrer Unterhaltung. Jasmins Vater machte ihnen klar, dass sie noch Wasser und Proviant kaufen mussten und daher langsam aufbrechen sollten. Der Geschäftsmann wendete sich ihm zu und sie regelten die Formalitäten. Dann verabschiedeten sie sich und fuhren in die Stadt. Sie brauchten eine knappe Stunde, um die Einkäufe zu erledigen und das Gepäck aus dem Schließfach zu holen. Gegen halb fünf hatten sie die Stadt hinter sich gelassen und bewegten sich auf der sandigen Straße südwärts durch die Wüste. Jasmins Vater programmierte das in die Konsole eingebaute Navigationsgerät. Er drehte probehalber den Regler der Klimaanlage auf volle Leistung und stellte erfreut fest, dass sie einwandfrei arbeitete, was aber nicht für den linken

Blinker galt. Er schaute Jasmin amüsiert an und bemerkte, dass das so ziemlich egal wäre, weil sie ohnehin die nächsten zweihundertdreißig Kilometer geradeaus fahren würden. Wenig später hatten sie auch die letzten der immer vereinzelter stehenden Häuser hinter sich gelassen und die menschenleere Wüste breitete sich bis zum Horizont vor ihnen aus.

Jasmin sah in die Ferne. »Mann, hier gibt es ja mehr Steine als Sand!«

Ihr Vater erklärte ihr, dass die Sahara nur zu einem kleinen Teil aus der Wüste bestand, die man sich gemeinhin als Bilderbuchwüste vorstellte. Bald darauf hörte die Straße abrupt auf. Der Wagen holperte zeitweilig so stark über die Steine, dass Jasmin meinte, es würde nicht lange dauern, bis er seinen Dienst quittierte. Aber sie irrte sich. Nach einigen Stunden, als sich das Gelände ein wenig »beruhigt« hatte, schlug Zupko seiner Tochter vor, die Plätze zu tauschen. Jasmin war begeistert, er gab ihr eine kurze Einweisung, und nach einigen Anfängerfehlern hatte sie das Auto gut im Griff.

Im Westen färbte sich die Sonne rot und die immer noch heiße flimmernde Luft verzehrte ihre Ränder. Einen schöneren Sonnenuntergang als in der Wüste gab es nur noch am Meer, da war sich Zupko absolut sicher. Seine Tochter machte einen sehr sicheren Eindruck, und so lehnte sich ihr Vater fast, aber eben nicht ganz entspannt zurück und genoss dieses schöne Naturschauspiel. Das monotone Geräusch des hubraumstarken Diesels wirkte ermüdend, und deshalb wurde er später unsanft aus seinem Halbschlaf gerissen, als Jasmin plötzlich bremste.

»Was gibt's?«, fragte er sie.

»Na ja, es ist schon fast 20 Minuten dunkel, und das Mondlicht reicht nicht aus.«

»Mach erst mal den Motor aus, und dann steig aus und sieh dich um.« Er blickte an ihr herab und lächelte wieder. »Bleib nicht so lange da draußen, wird ein wenig kalt sein, nehme ich an.«

Jasmin sah ihren Vater an, als zweifelte sie an seinem Verstand. Sie stellte den Motor ab, öffnete die Tür und sprang nach draußen. Sie entfernte sich ein paar Meter vom Wagen und drehte sich dann überrascht zu ihm um. »Brr! Entschuldige, es ist saukalt hier draußen!« Sie stand im T-Shirt und kurzer Hose da, so wie sie sich heute Morgen zu Hause angezogen hatte. Die Kälte ließ sie frösteln, und ihr wurde bewusst, dass ihr Kleiderschrank, vor dem sie heute Morgen noch rätselnd gestanden hatte, Tausende Kilometer entfernt war und sie selbst sich mehr als zweihundertachtzig Kilometer fernab von allem in der Wüste befand. Unglaublich, ist ja fast ein Kulturschock!, dachte sie.

»Sieh dich mal um!« Zupko schaltete die vielen Scheinwerfer des Jeeps aus, und es umgab sie eine lautlose, nur vom bläulich gelben Mondlicht erleuchtete Szenerie. Jasmin entfernte sich noch etwas weiter vom Wagen. »Und was siehst du?«

Das Mädchen rief ihm die Antwort zu: »Mond, Sterne und wahnsinnig viel Sand und Steine!« Sie kam zurück zum Wagen. »Und? Woher willst du wissen, dass da keine großen Löcher oder Steine kommen? Da hilft dir auch dein Navi nichts … Wir müssen mit den Suchscheinwerfern fahren. Meinst du nicht, das ist zu gefährlich???«

Zupko sah sie an, als überlegte er sich diese Möglichkeit, dann schüttelte er den Kopf.

Jasmin legte die Stirn in Falten und dachte nach. Dann fiel ihr etwas ein, und sie winkte schnell ab. »Nein, vergiss es! Ich schlafe nicht im Auto! Das Ding ist so voll von Kanistern, dass man nicht mal die Lehnen runterdrehen kann. Und außerdem hat die Karre ja nicht mal Standheizung wie unser Wagen, und ich …«

Zupko lachte und unterbrach sie. »Ich habe doch gar nicht gesagt, dass wir hier schlafen. Aber ich muss feststellen, dass ich dich viel zu sehr verwöhnt habe!« Er winkte sie zu sich ran. »Komm erst mal wieder rein! Es wird langsam kalt hier drinnen.« Jasmins Vater schaltete die Innenbeleuchtung ein, als das Mädchen die Tür zuzog. Er sagte: »Es ist tatsächlich noch nicht allzu lange her, dass wir nach den Sternen gefahren sind, ich sollte das mal wieder probieren – wie dem auch sei, damals hatte ich noch keine Ahnung von Sternen, geschweige von GPS. Also habe ich hier geschlafen, zwischen Skorpionen und Schlangen.«

Jasmin verzog angeekelt das Gesicht.

Zupko musste lachen. »Ich wollte nur dein Gesicht sehen – unvergesslich!«

»Ha, ha!«, machte sie. Dann knuffte sie ihn auf den Oberarm und sagte: »Lass uns endlich weiterfahren!«

Zupko nickte. »Genau, aber ich sollte das zur Abwechslung mal wieder tun. Für die ersten Stunden warst du wirklich nicht schlecht.«

Das Mädchen gab einen enttäuschten Laut von sich, stieg dann aber aus und ging vorsichtig, auf jeden ihrer Schritte achtend, um den Wagen. Ihr Vater setzte sich lächelnd hinter das Steuer und sie fuhren weiter.

Jasmin schlief bald ein. Die Strecke wurde wieder unwegsamer, sodass Zupko einige Umwege in Kauf nehmen musste. Gegen Morgen dann, als die Sonne ihre ersten Strahlen über den Horizont schickte, standen sie vor einem mächtigen Gebäude.

Zupko weckte seine Tochter. »Das ist das ›Kloster‹, von dem ich dir erzählt habe. Es ist seit Urzeiten im Besitz der Familie.«

Sie standen mit dem Auto vor einem verhältnismäßig großen viereckigen Bau aus roten Lehmziegeln. Jasmin blinzelte verschlafen und hielt sich die Hand über die Augen. Sie schätzte die Frontseite auf mindestens fünfzig bis sechzig Meter Länge und an die vierzehn Meter Höhe. Nur ganz oben gab es einige fensterähnliche Öffnungen, knapp unter dem flachen Dach. Das Einzige, was nicht Mauerwerk war, war ein mächtiges oval gebogenes Holztor, das fast die halbe Höhe des Baus einnahm und bestimmt auch vier Meter breit war, wie sie schätzte.

Zupko sprach weiter: »Vor sehr, sehr langer Zeit war die Familie so eine Art geheime Bruderschaft. Frauen unserer Art wurden nicht akzeptiert. Die weiblichen Babys wurden sofort nach der Geburt getötet.«

Jasmin ruckte mit dem Kopf herum und sah ihn schockiert an.

Und Zupko fügte beruhigend hinzu: »Das war noch in Zeiten, an die sich nicht einmal mehr die Ältesten aus der Gruppe erinnern können. Dies hier ist das einzige Domizil der Familie, das niemals in irgendeiner Form angegriffen wurde. Ich glaube sogar, dass in der langen Zeit und all den Krisen niemals irgendjemand dieses Gebäude mit uns in Verbindung gebracht hat. Wie auch immer. Es hat die Zeit überdauert und dient heute deswegen noch als traditioneller Familientreffpunkt.«

Jasmin schaute sich um. Links und rechts vor dem großen Tor standen verstaubte Autos und Motorräder. Aber noch konnte sie niemanden sehen. Sie wendete sich von ihrem Vater ab und kramte nervös ihr Handy aus der Hosentasche hervor – kein Empfang! Wie auch, hier am Arsch der Welt!!! Sie verstaute das unnütze Ding so unauffällig wie möglich vor den Blicken ihres Vaters wieder in ihrer Hose. Und Zupko, der sie aus dem Augenwinkel beobachtete, übersah wohlwollend und leicht lächelnd ihren kleinen Fluchtversuch aus der Steinzeit …

Dann wendete er sich ihr wieder zu. »Wenn wir gleich klopfen, wird ein uralter Mann eine kleine Luke in der Tür öffnen, und wir sagen den Losungssatz. Es ist Efraim, der Älteste. Er und, ich glaube, sechs oder sieben andere Alte verwalten den Bau und unser Vermögen. Sie sind immer hier. Wenn du mal Hilfe brauchst, wende dich an sie. Das Problem, das aber schon immer bestand, ist, dich zu ihnen durchzuschlagen. Aber glaube mir, es gab Zeiten, da war das wesentlich schwerer als heute. Steig aus, ich will mich noch ein wenig hinlegen, bevor die Fete steigt. Unsere Sachen können wir erst mal im Wagen lassen. – Ach ja, noch eins: Efraim wird mich wahrscheinlich in der dritten Person anreden. Das war damals so. Viele Alte machen das noch, sie haben auch sonst teilweise seltsame Vorstellungen, widersprich ihnen nicht und nimm es am besten so hin.«

Zupko und seine Tochter stiegen aus und gingen auf das Tor zu. Jasmins Vater nahm einen schweren Klopfring in die Hand und schlug gegen die Tür. Es gab ein lautes widerhallendes Geräusch in der Halle, das sie auch hier draußen hörten, dann warteten sie.

Jasmins Herz schlug bis zum Hals, aber sie wusste nicht so recht, weshalb eigentlich. Aus Angst, vor Erwartung?

Es dauerte eine ganze Weile, bis sich die kleine unauffällige Luke öffnete. Zeit genug für beide, in der schnell kräftiger werdenden Sonne anzufangen zu schwitzen. Die Luke öffnete sich und das Gesicht eines alten Mannes schob sich halb aus der Öffnung.

Zupko lächelte und sagte seinen Spruch auf: »Wir kommen als Freunde …«

Und der Alte beendete den Satz: »… und so sollt ihr empfangen werden!« Der Greis legte seine Stirn in Falten und sah dadurch noch älter aus. Er blickte Jasmin an. »Wen habt Ihr mitgebracht, Jonathan? »

»Es ist meine Tochter«, antwortete Zupko.

Jasmin sah ihren Vater verdutzt an. Wieso Jonathan?, dachte sie.

Der Alte blickte sie wieder an. »Schaut mich bitte an, hübsches Fräulein!«

Jasmin sah zwar nicht alles von dem Mann, aber sein Gesicht mit dem weißen Bart und die Art, wie er redete, fand sie eigentlich niedlich. Sie blickte ihm direkt in die Augen, und der Alte runzelte die Stirn, um herauszufinden, ob er ihre Gedanken lesen konnte oder nicht.

Dann erhellte sich sein Gesicht, und er sagte: »Tretet ein, und wisst Euch herzlich willkommen!« Der Greis schloss die Luke.

Jasmin schaute belustigt ihren Vater an. Er erwiderte ihren Blick und flüsterte ihr hinter vorgehaltener Hand zu, dass sie sich zusammenreißen sollte.

Langsam wurde ein Flügel der riesigen Tür einen Spaltbreit geöffnet, gerade genug, um hindurchtreten zu können. Dann befanden sie sich in einer größeren Halle. Links und rechts gingen Türen ab. Zwischen ihnen standen direkt an den Wänden mehrere alte Stühle, und geradeaus führte eine große offen stehende, bogenförmige Tür in den Innenhof, der von einer Art Kreuzgang umrahmt wurde. Die Halle war spartanisch eingerichtet. Die Wände einfach geweißt, und daher war das Mauerwerk gut zu erkennen. Der Boden bestand aus Steinplatten, auf ihm lag ein Perserteppich, der fast die gesamte Grundfläche der Halle beanspruchte. Der Raum wurde von einigen Lampen beleuchtet und zusätzlich durch die offene Tür zum Innenhof erhellt.

Efraim wirkte wie neunzig, er trug eine weiße Kutte, wie sie hier in der Gegend üblich war. Seine langen weißen Haare und der Bart, der ihm bis auf die Brust reichte, ließen ihn wahrscheinlich noch älter aussehen. Jasmin überragte ihn mit ihren 1,72 Metern fast um einen ganzen Kopf. Sie fragte sich, wie alt er wirklich war.

»Jonathan, wie ist es Euch ergangen im letzten Jahr?« Er sah erst zu Zupko hinauf und blickte dann Jasmin an. »Mit Verlaub, Ihr habt zu meiner Freude ein hübsches Töchterchen mitgebracht!« Er lächelte Jasmin an. »Stellt Euch vor, Euer Vater hat mir nie erzählt, dass er eine Tochter hat, lasst Euch ansehen.« Er fasste Jasmin schwach an die Oberarme und drehte sie so, dass sie im Lichtkegel einer Lampe stand. »Sie hat Eure Augen, Jonathan, das habe ich schon an der Tür bemerkt!«, stellte er fest.

Zupko sagte, dass es ein gutes Jahr war und er sich freute, dass Jasmin sich so gut herausgemacht hatte. Eben das Übliche, was bei Begrüßungen gesagt wurde.

Der Alte nickte. »Kommt mit, ich zeige Euch Eure Zimmer!«

Jedes Mal, wenn Zupko Efraim wiedersah, fragte er sich, ob er wirklich so dachte, wie er sprach, oder ob das alles nur eine Masche war. Er drehte sich um und folgte ihm und seiner Tochter durch die erste Tür neben dem Eingang. Sie stiegen eine schmale Wendeltreppe hinauf, was dem alten Mann sichtlich schwerer fiel, je höher sie kamen.

»Bei uns ist wie immer nichts passiert. Aber das ist auch gut so«, sagte er im Gehen. »Du weißt ja, wenn sich die Kinder nicht melden, ist alles in Ordnung.«

Jasmin, die jetzt hinter ihrem Vater die Treppe hinaufging, fasste ihren Vater am Arm. Zupko drehte sich um und sah in ihr fragendes Gesicht.

»Jonathan??«, fragte sie flüsternd.

»Mein Geburtsname, erkläre ich dir später mal!«, gab er ebenso leise zurück.

Sie hatten das oberste Geschoss erreicht und gingen einen langen Gang hinunter.

Fast am Ende blieb der Alte stehen und deutete auf zwei Türen vor ihm. Er sah Zupko an und sagte: »Ihr kennt das Eure ja schon, Eure Tochter hat ab heute das Zimmer neben Euch. Jonathan, tut mir einen Gefallen und zeigt der jungen Dame die Waschräume. Ich weiß nicht, wie oft ich heute noch hier hoch muss, falls Neue kommen. Der Tag hat gerade erst begonnen und ich bin jetzt schon müde. Entschuldigt mich bitte!« Er wendete sich ab und schlurfte den Gang zurück zur Treppe.

Jasmin öffnete die Tür zu ihrem Zimmer und blickte in einen Raum, der nicht mehr als zwei Meter breit und keine drei Meter lang war. Sie konnte nicht behaupten, dass sie von der Einrichtung begeistert war. Ein schmales Bett, eine große Kleiderkiste, ein Stuhl und ein Tisch. Kahler Steinboden, kahle Wände. Der Raum war an die drei Meter hoch und am Kopfende des Bettes direkt unter der Zimmerdecke befand sich eine kleine Fensteröffnung – zu hoch, um rausgucken zu können, zu klein, um den Raum gut zu erhellen.

»Sieht ja aus, wie im Knast hier!«, rief sie ihrem Vater zu. Sie schüttelte den Kopf und fügte sarkastisch hinzu: »Wird hier abends abgeschlossen?« Sie ging rüber in sein Zimmer.

Zupko hatte sich schon auf sein Bett gelegt. Sein Zimmer war genauso eingerichtet. Er lag auf dem Rücken, hatte die Hände hinter dem Kopf verschränkt und grinste sie an: »Willst du jetzt doch im Auto schlafen?«

Sie schüttelte den Kopf. »Nein, ich denke nicht. Ist schön kühl hier.«

Und Zupko nickte: »Die Temperaturen hier im Haus sind fast immer so wie jetzt.«

Jasmin hörte aber nur halb zu. »Zeig mir bitte, bevor du dich hinlegst, die Waschräume, und vor allem erst mal die Toiletten!«

Zupko stand auf und ging mit ihr zum Bad.

Ihr Vater schlief. Aber sie war jetzt noch nicht müde. Jasmin hatte lange genug im Auto geschlafen. Und so beschloss sie, einmal um den Bau zu gehen und ihre Sachen aus dem Auto zu holen. Sie zog die Tür zu ihrem Zimmer zu, weil sie nicht nummeriert war, merkte sie sich, dass es die dritte hinten rechts war. Dann ging sie Richtung Treppe. Sie hatte die ersten Stufen der Wendeltreppe genommen, als sie Schritte hörte. Es waren nicht die schlurfenden Schritte des Alten, diese Schritte waren kraftvoll. Sie stieg die enge Wendeltreppe weiter hinab. Abgesehen von dem Greis und ihrem Vater würde es das erste Mal sein, dass sie jemanden, der so war wie sie, zu Gesicht bekam. Sie gestand sich ein, dass sie ängstlich war. Der, der da gleich um die Kurve kam, musste natürlich ein Vampir sein! Ihr Verstand hämmerte ihr diese Tatsache ins Bewusstsein und kalter Schweiß trat ihr auf die Stirn.

Fünfhundert Jahre, übel und abartig!, schoss es ihr durch den Kopf. Das Mädchen kämpfte mit sich. Weitergehen! Ich bin von der gleichen Sorte, dachte sie. Es half, aber nur kurz. Gerade als sie beschloss, lieber schnell zu ihrem Vater zurückzugehen, blickte sie auf eine breite, muskulöse Hand mit langen Fingern, die am Holzgeländer emporglitt. Mit weit aufgerissenen Augen sah Jasmin ihn um die Rundung der Treppenmitte kommen. Zu spät, um umzudrehen. Sie stand einem zwei Meter großen Hünen gegenüber. Er hatte einen athletischen Körper und sah aus wie Mitte zwanzig, mit durchschnittlichem Gesicht, die Haare zu einem Pferdeschwanz zusammengebunden. So wie er in seiner Motorradkleidung vor ihr stand, beanspruchte er fast die gesamte Breite der Treppe.

Der Kerl grinste schräg. »Hallo!« Seine Stimme war tief und rauchig, und er sprach langsam: »Du bist eine Neue, was?« Er stand zwar einige Stufen unter ihr, aber ihre Gesichter waren in gleicher Höhe.

»Ja«, gab Jasmin etwas zu leise zurück. Sie war tief beeindruckt von seiner Erscheinung. Das war kein Typ, bei dem die meisten Leute, die sie bis jetzt kennengelernt hatte, Streit suchen sollten.

Sein Grinsen verblasste. »Wie alt bist du, hmm?«

»Warum willst du das wissen?« Sie nahm sich zusammen und fügte mit fester Stimme hinzu: »Wird das ein Interview, oder was?«

Er sah sie ausdruckslos und durchdringend an. Einen Moment wusste Jasmin nicht, ob sie jetzt einen Tobsuchtsanfall oder was auch immer für eine Reaktion ausgelöst hatte. Sie spannte ihren Körper an und war auf alles gefasst. Doch dann kehrte sein Grinsen langsam und um einige Grade heller zurück.

»Ganz schön frech, keine fünfzehn, würde ich schätzen!«

»Ich bin sechzehn!«, gab sie trotzig zurück und hätte sich gleich darauf für ihre Antwort in den Hintern treten können. Aber der Typ hatte ihr ehrlich Angst eingeflößt, und das wollte sie dem Affen auf keinen Fall zeigen. »Lass mich vorbei!«

Er bewegte sich kein Stück, grinsend sah er ihr in die Augen, und Jasmin hatte das Gefühl, er könne ihre Gedanken lesen. »Mit wem bist du hier?« Er hob fragend die Augenbrauen.

Jasmins Ängstlichkeit wich fast vollständig einer leichten Gereiztheit. »Ich habe gesagt: Ich will vorbei!«, erinnerte sie ihn lauter. Und der Ärger über diese Situation schwang in ihrer Stimme mit.

Langsam, ganz langsam bewegte er seinen massigen Körper ein wenig zur Seite. Gerade genug, dass sich Jasmin schräg an ihm vorbeidrücken konnte. Ohne sich umzudrehen, ging sie schnell die Treppe weiter runter. Sie hörte sein tiefes, hämisches Lachen und seine Schritte, die etwas im Treppenhaus widerhallten. Das Mädchen war froh, als sie die Halle erreichte. Jasmin ging zum Eingangstor und wollte es öffnen, doch ihr fiel ein, dass es vielleicht besser wäre, zuerst Efraim Bescheid zu sagen, dass sie vorhatte, ein wenig spazieren zu gehen. Wahrscheinlich konnte man hier nicht so einfach rein- und rausgehen, wie man wollte.

Der alte Mann war nicht in der Halle, aber bevor sie ihn rief, wollte sie erst einen Blick in den Innenhof werfen. Sie schlenderte zu dem Torbogen und blickte auf einen penibel gepflegten Steingarten. Bis auf das leise Heulen des Windes, der um das Gebäude strich, war es völlig still.

»Es ist ein Steingarten, wie die Japaner ihn anzulegen pflegen.« Jasmin zuckte zusammen, als sie Efraims Stimme hinter sich hörte.

»Du ..., ich meine, Ihr habt mich erschreckt.«

Der Alte lächelte sie an: »Sagt Du, vielleicht gewöhne ich mich ja noch daran, bevor meine Zeit gekommen ist! Verzeiht mir, wenn ich Euch erschreckt habe, es war bestimmt nicht meine Absicht. – Ist der Garten nicht wunderschön?«, fuhr er fort und sah sie fragend an.

»Er sieht sehr schön aus«, erwiderte sie ehrlich.

Efraim nickte und schaute auf das Steinfeld. »Dein Lehrer und ich pflegen ihn. Man sieht leider nicht die viele Arbeit, die dahintersteckt. Wir müssen hier mit Wasser sorgsam umgehen, deshalb haben wir nur wenig Alternativen. Aber mir gefällt er trotzdem besser als irgendein Blumenbeet.« Er wechselte das Thema. »Ich habe gehört, dass Ihr eben Gregor begegnet seid.«

Jasmin, die den Steingarten noch immer bewundernd anschaute, blickte jetzt den Greis wieder an, und ihre Miene verfinsterte sich.

Der Alte schaute sie verständnisvoll an. »Gregor ist ein ungehobelter Klotz. Macht Euch nichts daraus. Wenn Ihr erst einmal sein Vertrauen gewonnen habt, ist er ein Freund, auf den Ihr Euch hundertprozentig verlassen könnt. Aber manchmal macht er wirklich einen Eindruck, der einem das Fürchten lehren könnte. Ich glaube, er hat Spaß daran.« Efraim glaubte das nicht nur, er wusste es auch. Aber das sagte er Jasmin lieber nicht. Er runzelte die Stirn und schaute wieder in seinen Garten. »Ich werde ihn bei Gelegenheit mal zur Seite nehmen müssen und ihm Manieren beibringen, gerade, was junge, hübsche Mädchen betrifft.« Er lächelte Jasmin großvaterhaft an.

Einen Moment schwiegen sie, dann sagte Jasmin: »Efraim, ich möchte mir ein wenig die Gegend ansehen, geht das?«

Der Greis machte ein erstauntes Gesicht: »Aber natürlich, dies hier ist doch kein Gefängnis, auch wenn es, das gebe ich zu, so aussieht. Geht nur! Aber hier im Umkreis von …, wartet, das muss ich jetzt erst mal umrechnen«, er dachte einen Moment nach, bevor er fortfuhr, »von, ich glaube, 100 Kilometern gibt es nichts, außer Sand und Steinen, sehr langweilig für einen Spaziergang. Klopft an die Tür, und ich werde Euch öffnen, wenn Ihr zurück seid. Euer Vater schläft?«

»Ja«, antwortete Jasmin.

Efraim sah sie an. »Er ist ein sehr vernünftiger Mann. Ich habe ihn wirklich gern, aber ich glaube, er ist ein wenig zu weich. Euer Vater grübelt zu viel, und das ist nicht gut bei dem Leben, das wir führen.« Er zögerte kurz. »Aber besser als andere aus der Familie. Sie benehmen sich wie Tiere! Bitte tut mir einen Gefallen, Ihr habt Fähigkeiten, die weit über das hinausgehen, was Normalsterbliche vermögen. Und Ihr seid ein nettes hübsches Mädchen, deshalb möchte ich nicht, dass ihr Euch ein Beispiel an diesen …«, er verzog leicht das Gesicht, »Personen nehmt! Ich dulde sie, weil sie von uns sind, aber ich kann ihr Benehmen nicht gutheißen. Wisst Ihr, wir bilden mit den ›normalen Menschen‹ eine Symbiose, versteht mich nicht falsch, damit möchte ich uns in keiner Weise abwerten.« Er stand neben ihr und grinste leicht. »Wir sollten uns nehmen, was wir brauchen, aber wer tötet seinen edlen Spender?«

Jasmin sah ihn an und musste lächeln: »Ihr redet wie mein Vater!«

»Ich war sein Lehrer.«

»Wann bekomme ich Unterricht?«

Efraim sah in den strahlend blauen Himmel, der in dieser Ecke der Welt wohl noch nie eine Regenwolke gesehen hatte, und sagte: »Ihr werdet morgen zeitig geweckt.« Er lächelte sie wissend an. »Es dauert ganze zwei Tage und ist trockener als der Wüstensand.« Er lachte laut auf. Wie immer, wenn ihm dieser Spruch durch den Kopf ging. Zu Jasmin gewandt sagte er: »Ein Zitat eines Schülers, der vor – waren es drei oder erst zwei – Jahren aufgenommen wurde. Ich will Euch jetzt nicht mehr länger aufhalten. Geht spazieren. Heute ist die letzte Gelegenheit für die nächsten beiden Tage.«

Jasmin wendete sich um und ging Richtung Eingangstor. Dann fiel ihr etwas ein und sie drehte sich noch einmal um. Efraim stand noch immer regungslos da und schaute auf seinen Garten.

»Efraim!« Sie war schon einige Meter entfernt, deswegen sagte sie es etwas lauter: »Heute ist Vollmond!«

Efraim drehte sich um und lächelte sie an. »Ich weiß, mein Kind. Hier in der Wüste gibt es nichts, aber seid unbesorgt, unsere Vorratskammern sind voll, allerdings werdet Ihr vor dem Ritual mit Tieren vorliebnehmen müssen.«

Jasmin nickte. Egal, dachte sie und ging nach draußen.

Die Sonne war fast unerträglich geworden, und es war noch keine zwei Stunden her, seit sie aufgegangen war. Jasmin ging an der Frontseite des Gebäudes Richtung Westen entlang. Nach ungefähr dreißig Metern erreichte sie die Hausecke und sah, dass das Gemäuer so breit war, wie es lang war. Und hier gab es Schatten, wenn er auch nur wenig angenehmer war als die pralle Sonne. Sie setzte sich auf einen größeren Stein und blickte auf die flimmernde, leicht gewellte Dünenlandschaft. Ihr Leben hatte sich völlig gewandelt. Und jetzt, weit weg von zu Hause, als sie tief in der Sahara in brütender Hitze auf einem Stein saß, stand ihr alles deutlich vor Augen. Ja, sie war ein Vampir, sie brauchte Blut, und sie hatte auf einmal nicht das geringste Problem mehr damit. Sie hatte Fähigkeiten, von denen andere nur träumen konnten. Und – sie war bereit, den Preis dafür zu bezahlen. Und wenn, so wie in Kiel, hin und wieder jemand »ins Gras beißen musste«, dann gehörte es eben dazu. Sie würde das Ritual mitmachen und danach ein volles Mitglied der Familie sein. Jasmin freute sich auf die nächsten Tage.

Zupko wälzte sich unruhig im Schlaf hin und her. Es war wärmer als zu Hause. Und obwohl die Temperatur in den Räumen des Klosters nie über fünfundzwanzig Grad stieg, war es für ihn jedes Mal wieder unangenehm, wenn er das erste Mal hier schlief. Irgendwann, nicht viel später, schlug er die Augen auf und sah auf die Uhr. Kurz vor vier. Demnach hatte er fast sieben Stunden geschlafen – lange genug, obwohl er sich noch nicht richtig fit fühlte. Er stand auf und beschloss, nach seiner Tochter zu sehen. Zupko klopfte kurz an und öffnete dann die Tür zu ihrem Zimmer. Er sah sie auf ihrem Bett liegen, sie schien zu schlafen. Wenn sie hier und jetzt schlafen konnte, dann war das ein gutes Zeichen. Grinsend wandte er sich um, um den Raum wieder zu verlassen.

»Papa!« Sie hatte die Augen geöffnet und drehte sich um, dass sie ihn ansehen konnte. »Danke, dass wir hier sind.«

Zupko nickte. Er war gerade im Begriff, die Tür wieder zu schließen, da er sah, dass sie sich für heute Abend noch ausruhen wollte, als sie ihm lächelnd noch eine Frage stellte.

»Weißt du übrigens, dass man die Türen nicht abschließen kann?«

Ihr Vater lächelte. »Aber ja, natürlich. Wir sind doch eine liebe nette Familie!«

Sie verzog leicht das Gesicht: »Ha, ha!«

Er schloss die Tür und ging nach unten. Das Gebäude war sehr groß und wie immer um diese Tageszeit machte es einen verlassenen Eindruck. Obwohl die meisten schon da sein sollten. Entweder schliefen sie oder sie saßen im Salon und spielten Karten oder Ähnliches. Zupko nahm sich vor, auch dorthin zu gehen, nicht ohne sich vorher zu vergewissern, dass er genügend Geld im Portemonnaie hatte. Irgendwie hatte er die alte Bande doch vermisst.

»Hallo, Vlad!« Zupko stand im Salon und schaute in die Runde. Viele alte Bekannte rekelten sich entspannt auf den bequemen Sofas. Sie spielten Backgammon oder schlugen Schlachten auf dem Schachbrett. Aber es konnten noch nicht alle sein.

»Wie sieht's aus. Junge? Wie ich hörte, hast du endlich deine Tochter mitgebracht!« Der, der ihn begrüßt hatte, war ein alter Freund. Ein wenig dicklich und ewig Zigarre rauchend. Er saß an einem Tisch mit einigen anderen und spielte Karten. Die Übrigen im Raum sahen kurz auf und nickten begrüßend, dann wendeten sie sich wieder ihren Spielen zu.

Zupko grinste. »Du kannst deine Finger immer noch nicht von dem stinkenden Kraut lassen, was?« Er ging auf den Tisch zu, an dem sein Bekannter saß. »Und? Was macht die Kunst?«

Der andere sah von seinen Karten auf. »Die Frage sollte ich dir eigentlich stellen. Du weißt ja, wie das ist – mal so, mal so.« Er schob einen Stuhl etwas vom Tisch weg und deutete dann darauf. »Setz dich und verliere auch ein bisschen was!« Er grinste mit dem freien Mundwinkel.

Zupko setzte sich und nahm die Karten auf. »Sind außer meiner Tochter noch andere Neue gekommen?«, fragte er in die Runde.

Der Mann ihm gegenüber, an die fünfzig und mit grau meliertem Haar, sah von seinen Karten auf. »Ich glaube, Efraim hat was von drei anderen gemurmelt, wir hatten schon schlechtere Jahre. – Mist! Ich passe.« Er warf die Karten auf den Tisch.

Zupko grinste ihn an. »Was hast du die letzten Jahre getrieben, ich dachte die Treffen wären dir immer heilig gewesen!«

Sein Gegenüber zuckte mit den Schultern. »Du weißt doch, wie das ist, viel Stress mit dem Laden, verrate mir bei Gelegenheit mal, wo man gute Angestellte bekommt!«

Die Reihe war jetzt an Zupko. Er warf einen letzten Blick auf die Karten und legte sie dann auch auf den Tisch.

»Gerade jetzt, wo ich so gut dastehe«, meinte sein Freund. »Es macht mit euch einfach keinen Spaß!«

Die große Tür zum Salon wurde geöffnet, Efraim trat ein und hatte eine Liste in der Hand, die er jetzt langsam durchlas. Dabei murmelte er irgendwas vor sich hin. Die Augen der Leute im Raum richteten sich auf ihn und die Spiele wurden unterbrochen.

Zupko musste lächeln. So wie der alte Mann jetzt dastand, hätte man ihm nur noch einen kegelförmigen Hut aufsetzen brauchen, und jeder Außenstehende hätte vermutet, dass er sich gleich in Rauch auflösen würde.

Er faltete das Papier zusammen, sah in die Runde und fing an zu sprechen: »Nochmals herzlich willkommen. Ich sehe, dass die meisten von Euch noch schlafen. Bitte seid um neunzehn Uhr in der Halle. Den anderen sage dann noch Bescheid.« Dann sah er Zupko an und redete weiter: »Wir haben dieses Jahr vier Neue. Und wenn ich hier fertig bin, werde ich Joshua sagen, dass er ihnen eine kurze Einweisung gibt, was sie vor dem Ritual zu machen oder besser zu lassen haben.« Nach einer kurzen Pause, der einen Themenwechsel ankündigte, sagte er: »Wir sind dieses Jahr achtundsiebzig Leute.« Er zog die Augenbrauen hoch und kniff den Mund nachdenklich zusammen. »Das war auch schon mal besser. – Vielleicht«, überlegte er laut, »geht es uns einfach zu gut in letzter Zeit.«

Zupko lächelte, das war es wohl. Er kannte es von zu Hause nur zu gut. Seine Tochter rief nur an, wenn sie etwas brauchte.

Efraim erzählte noch viel zum Ablauf und zur Entwicklung ihres Vermögens und andere organisatorische Dinge, bevor er nach längerer Zeit sie wiederholt aufforderte, um neunzehn Uhr in der Halle zu sein, und die Gesellschaft, die jetzt schon um einige Personen angewachsen war, verließ, um ihnen noch Zeit genug zu geben, ihre Spiele zu beenden.

Jasmin wachte auf. Jemand klopfte an ihre Tür und rief ihren Namen. Sie stand auf, bat um einen Moment, zog sich an und öffnete. Vor ihr stand ein Mann, scheinbar die siebzig schon weit überschritten, mit grauem gelocktem Haar und dunklem Teint. Ein unauffälliger südländischer Typ, den man in jedem Straßencafé in Kairo antreffen konnte.

»Ich bin Joshua, dein Lehrer. Ein sehr altmodischer Name. Du kannst mich ruhig Josh nennen«, stellte er sich vor.

»Bitte komm mit. Es gibt dieses Jahr mit dir vier Neue. Ich möchte euch miteinander bekannt machen und euch erst mal das Wichtigste erzählen.«

Jasmin nickte. »Brauche ich noch irgendwas?«

Er schüttelte den Kopf. »Nur ein gutes Gehör.«

Sie folgte ihm in ein kleineres Zimmer, in dem außer ein paar Sitzgarnituren und einigen Tischen nichts weiter stand. Der Raum wurde von einem großen schmiedeeisernen Kronleuchter beherrscht, der Halter für zehn dicke Kerzen besaß. Ein monströses Ding, das nach Jasmins Meinung besser in einen großen Saal als in einen für die Verhältnisse dieses Hauses eher kleinen Raum gepasst hätte. Sie war nicht die Erste. Als sie den Raum betrat, saßen schon drei andere junge Leute da. Zwei Jungen und ein Mädchen. Das Mädchen schaute sie an und ihre Miene erhellte sich.

Joshua fing an zu reden: »Wunderbar, es freut mich, dass wir dieses Jahr ein so ausgeglichenes Verhältnis haben! – Das hier ist Jasmin. Jasmin«, er deutete in die Runde, »Isabella, Maximilian und Fred. Setz dich doch!«

Isabella blickte sie wieder an und deutete mit dem Kopf auf den Platz neben sich.

»Ich möchte euch einiges erzählen, was die Familie und«, er besah sich dabei rhetorisch die Decke und Wände des Raumes, »was dieses Haus betrifft. Heute ist euer erster Tag hier bei uns, und ihr sollt Gelegenheit haben, euch gegenseitig kennenzulernen. Tagsüber werden wir uns hier die nächsten beiden Tage unterhalten. Und nachts könnt ihr dann machen, was ihr wollt.«

Er legte lächelnd eine Pause ein und schränkte das Gesagte noch ein wenig ein. »Außerhalb dieser Mauern, und natürlich nur so weit, dass ihr morgens auch noch aufnahmefähig seid! Eure Zimmer, die Waschräume und natürlich jetzt auch diesen Raum kennt ihr ja schon, ich glaube, das wird reichen.« Sein Gesicht wurde ernst, als er weitersprach: »Dieser Satz hat in den letzten Jahren oft zu erheblicher Verwirrung geführt. Deswegen möchte ich ihn an dieser Stelle etwas deutlicher vorbringen. Das war durch die Blumen gesagt und bedeutet so viel wie ...«, Josh faltete lächelnd die Hände vor den Bauch. »Das muss reichen, haben wir uns verstanden?«

Die Gruppe nickte.

»Schön, freut mich, dass wir uns einig sind!« Er schwieg kurz und schaute dabei zu Boden. Dann blickte er sie wieder an. »Um Fragen vorwegzunehmen, ich weiß, wir haben Vollmond. Das Eingangstor ist rund um die Uhr besetzt. Fragt einfach den, der da unten sitzt, nach der Speisekarte. Da draußen, er deutete mit dem Finger aus dem Fenster, gibt es nämlich nichts mehr als Steine, Sand und Skorpione. Ich muss euch leider sagen, dass ihr nur einfaches Essen bekommt. Das bessere gibt es erst nach dem Ritual. Das war in groben Zügen alles. Habt ihr noch Fragen?«

Die Jugendlichen sahen sich gegenseitig an.

Dann sagte einer der Jungs: »Josh, ich habe hier tierischen Brand, ich kann sogar Wasser trinken, wenn auch nicht literweise. Und das, obwohl wir heute die erste Vollmondnacht haben werden. Zu Hause wäre mir schon übel geworden.«

Joshua grinste wissend. »Wasser wird alles sein, was ihr in Maßen runterbekommt, das macht die Wüste. – Tja, und mehr von dem ganz speziellen Saft. Ich nehme an, da ihr jetzt hier sitzt, habt ihr schon davon probiert. Ich lasse euch jetzt allein, ihr habt mit Sicherheit noch eine ganze Menge zu bequatschen.« Er verließ den Raum und schloss hinter sich die Tür.

Die vier sahen sich wortlos an, bis Fred sich zurücklehnte, die Arme über die Lehnen des Sofas legte und das Schweigen brach. »Also, mir gefällt es hier. Ich dachte zuerst, als meine Mutter sagte, wo wir hinfahren, dass hier 'ne Menge übler Figuren rumhängen würden, so Marke Dracula!«

Sie lachten.

Der Junge genoss es sichtlich und machte einen Vorschlag, ehe das große Schweigen eine Chance hatte, zurückzukehren: »Wie wär's, wenn wir heute Nacht irgendwo da draußen ein kleines Feuerchen machen würden?«

Jasmin nickte zustimmend. »Ist 'ne gute Idee.« Dann sah sie das andere Mädchen an. Sie merkte, dass sie irgendwas zu bedrücken schien.« Was meinst du, Isabella?«

Isabella, die vor sich auf den Boden blickte, sah jetzt auf und sagte wenig begeistert: »Ja, finde ich auch.«

»Tja, ich bin hundemüde!« Maximilian stand auf. »Wir sind gerade erst angekommen, ich denke, ich werde mich noch ein wenig aufs Ohr legen«, und fuhr sich mit einer Hand durch die lockigen Haare. »Bis dann!« Er ging zur Tür.

»Hey! Warte noch einen Moment. Wann wollen wir uns treffen?«

»Zwanzig Uhr?« Er sah alle fragend an.

Die Gruppe stimmte zu.

Fred, der noch immer lässig auf dem Sofa saß, sagte: »Geht in Ordnung, treffen wir uns hier!«

Maximilian wendete sich um und ließ die Tür hinter sich ins Schloss fallen. Das Schweigen kehrte zurück.

Nach einer Weile nahm Fred die Arme von der Lehne und schlug sich klatschend auf die Knie: »Ich werde mal meiner Mum helfen, die Klamotten aus dem Wagen zu holen! Bis dann Ladys!«

Nachdem er gegangen war, schauten sich die Mädchen an und fingen an zu lachen.

»Spinner!«, bemerkte Jasmin.

Dann wurde es wieder ruhig.

»Wo er das sagt«, meinte Jasmin, »ich sollte ja meinem Vater auch noch helfen. Habe ich ganz vergessen! Ich denke, ich werde ihn mal suchen gehen.« Jasmin stand auf.

»Kann ich mal einen Moment mit dir reden?« Isabella sah sie fast flehend an. Das Mädchen hatte die Knie zusammengedrückt, und rieb sich kummervoll die Hände.

Jasmin musterte sie und sagte dann: »Ja natürlich.« Sie hatte schon automatisch versucht, Isabellas Gedanken zu ergründen. Und jetzt, wo es ihr bewusst wurde und dass es ihr nicht gelang, fühlte sie sich fast – wie behindert. Sie schob den Gedanken beiseite. »Wollen wir hier reden oder gehen wir auf eines unserer Zimmer?«

Isabella antwortete nicht, sie zuckte nur mit den Schultern.

»Komm, wir gehen zu mir!« Jasmin stand auf und das andere Mädchen folgte ihr auf ihr Zimmer.

Nachdem sie die Tür hinter sich geschlossen hatten, setzten sie sich aufs Bett, und Jasmin sah sie auffordernd an.

Nach einiger Zeit fragte Isabella: »Wie kommst du damit zurecht?«

Jasmin sah an die gegenüberliegende Wand und ließ sich Zeit mit der Antwort. »Ich weiß noch nicht so recht. Ich habe meinem Vater die gleiche Frage gestellt, und er hat gesagt, jeder muss seinen eigenen Weg finden. Ich schwanke immer noch hin und her, immer wenn ich meine, ich sei aufgrund meiner Fähigkeiten etwas Besonderes und als Preis dafür die Vollmondnächte akzeptiere, kommt wieder der Punkt, an dem ich ein extrem schlechtes Gewissen habe und ich mich hundeelend fühle. Zu Hause hatte ich diese Momente öfter. Aber seitdem ich hier bin, fühle ich mich eigentlich gut.«

Isabella hatte den Kopf gesenkt und hörte schweigend zu.

Jasmin lächelte und legte ihr den Arm um die Schulter. »Ich kann dich verstehen. Aber ich glaube, es ist nur eine Frage der Zeit, bis man alles so hinnimmt, wie es sich plötzlich entwickelt hat. – Unter uns gesagt, es macht mir immer mehr Spaß, und ich koste es voll …«

Der letzte Satz löste bei Isabella eine Reaktion aus, die Jasmin völlig überraschte.

Das Mädchen schlug sich Jasmins Arm von der Schulter, hob ruckartig den Kopf und schrie sie mit weit aufgerissenen Augen verachtend an: »Wir sind Tiere, nichts weiter. Richtige Monster. Und du findest auch noch Gefallen daran! Natürlich macht es mir in den Nächten auch Spaß. Aber ich hasse mich dafür, verstehst du? Weißt du, was wir da immer anrichten?«

Jasmin wollte gerade etwas dagegensetzen, aber sie kam nicht mehr dazu.

Plötzlich sprudelte eine ausweglose Verzweiflung aus dem Mädchen heraus, und sie begann zu schluchzen und erzählte: »Mein Vater brachte mir ein Kaninchen in der ersten Nacht. Ich saß in einem ausgepolsterten Kellerraum wie in einer Gummizelle und habe es instinktiv gerissen – wie ein ausgehungerter Wolf!« Sie konnte nicht weitersprechen. Tränen liefen ihr über die Wangen.

Jasmin wusste nicht so recht, was sie jetzt machen sollte. Sie ließ sie erst einmal weinen, dann griff sie zaghaft ihre Hand.

Isabella sträubte sich nicht dagegen. Langsam fasste sie sich wieder und redete ruhig weiter: »Zwei Nächte später, meine Eltern waren unterwegs, lockte ich meinen Freund in mein Zimmer. Ich sagte ihm, dass wir die Gelegenheit nutzen sollten, um ein wenig zu kuscheln. Wir kennen uns jetzt über ein halbes Jahr und wir haben noch nicht miteinander geschlafen. Ich machte ihm diesen Abend die größten Hoffnungen. Wir lagen auf dem Bett und fingen an, uns gegenseitig auszuziehen. Als er mit freiem Oberkörper neben mir lag, konnte ich sein Blut förmlich riechen!«

Jasmin saß da und schaute sie aus großen Augen an, sie konnte sich vorstellen, was passiert war, und es jagte ihr einen Schauer über den Rücken. Irgendjemanden – vielleicht – umzubringen, war eine Sache, aber nahestehende Menschen! – darüber hatte sie noch gar nicht nachgedacht.

Isabella redete weiter: »Ich brauchte meine Erregung nicht zu spielen, wenn sie auch einen anderen Ursprung hatte, und so ging es eine Weile weiter. Dann lag er irgendwann auf mir, und ich drückte ihn fest an mich, während er mich küsste. Ich fasste einen Moment klare Gedanken, mir wurde bewusst, dass ich mit mir kämpfte. Sein Blut – sein Leben! Ich rollte mich mit aller Kraft zur Seite und stieß ihn von mir weg. Er glitt über die Bettkante und rutschte noch weit über den Boden, bis ihn der Kleiderschrank stoppte. Ich schrie ihn an, er solle verschwinden, und Tom sah mich natürlich vollkommen überrascht an. Er wollte mich fragen, weshalb ich plötzlich … Aber ich nahm ein Buch vom Nachttisch und warf es nach ihm. Es traf ihn am Arm, und wortlos nahm er endlich seine Sachen und verschwand. Unten hörte ich die Haustür kurze Zeit später ins Schloss fallen. Danach stürmte ich noch ins Erdgeschoss und tötete unseren Hund.« Sie schluckte und wimmerte.

Jasmin streichelte ihr beruhigend über das Haar: »Hey, finde ich gut, dass du das geschafft hast. Bei mir lief es anders, ich habe einen Jungen umgebracht.«

Isabella hörte anscheinend gar nicht zu. Stattdessen fragte sie sie: »Verstehst du? Das Einzige, was Tom gerettet hat, war, dass ich einen Moment die Oberhand über …«, sie suchte nach Worten und sagte dann verachtend: »diese Bestie in mir gewonnen habe! Ich liebe ihn, aber niemand, nicht einmal er, ist vor mir sicher!«

Jasmin gab ihr ein Taschentuch, und Isabella säuberte sich die Nase, bevor sie schluchzend weitererzählte: »Ich habe mich so mies gefühlt, und ich hatte Angst vor mir selber.« Sie sah Jasmin aus verweinten Augen an. »Viel hätte nicht gefehlt und ich hätte mich diesen Abend umgebracht.« Sie brach wieder in Tränen aus.

Jasmin überlegte, was sie jetzt tun könnte, und nachdem es eine Weile zwischen ihnen ruhig war, fing sie an, ihre Geschichte zu erzählen. Nach einiger Zeit wurde sie unterbrochen. Jemand klopfte an die Tür. Jasmin stand auf und öffnete sie nur einen Spalt. Ihr Vater stand vor ihr und versuchte, einen neugierigen Blick in ihr Zimmer zu werfen, denn das kannte er von seiner Tochter eigentlich nicht.

»Ich wollte den Wagen ausräumen, hilft du mir dabei?«

Jasmin zwinkerte ihm zu und sagte: »Ich komme später, wenn du fertig bist.«

Zupko grinste, dann erhaschte er doch einen Blick auf das Bett seiner Tochter. Er hatte sich getäuscht. Kein Junge. Aber er verstand die Situation. Sein Gesicht wurde ernst, und er flüsterte ihr zu: »Hab schon so was von ihren Eltern gehört.« Und dann in normaler Lautstärke: »Ich glaube, ich bin noch bis neunzehn Uhr in meiner Zelle. Du kannst dir deine Klamotten dann bei mir abholen.« Er grinste schräg und ging zur Treppe.

Jasmin schloss die Tür und erzählte weiter.

Gegen zwanzig Uhr versammelten sich alle vier wieder in dem Raum, in dem sie sich verabredet hatten, und gingen gemeinsam nach unten zum Haupteingang.

Nachdem sie in der Halle standen, wedelte Maximilian mit einem Autoschlüssel. »Mein Alter leiht uns seinen Wagen, nett was?«

Sie sahen sich an, und Fred fragte: »Freiwillig?«

»Na klar! Er ist der Meinung, dass wir, wenn wir vernünftig sind, hier draußen sowieso keinen Schaden anrichten können.« Nach einer Pause fügte er nicht ohne Stolz hinzu: »Außerdem bin ich fast die ganze Strecke hierher gefahren. Hat trotzdem ein wenig länger gedauert, ihn zu überreden!«

Sie lachten.

»Also, dann lasst uns endlich gehen!«, meinte Jasmin. »Ich weiß nicht, wie es euch geht, aber langsam könnte ich was vertragen! Josh hat doch gesagt, dass das Tor rund um die Uhr besetzt ist, dann muss doch hier irgendwo jemand rumhängen. Klopfen wir doch mal an die Türen!«

Fred pochte an die Tür, die ihm am nächsten war, die rechts neben dem Eingang. Und sie hatten auf Anhieb Glück.

»Moment, ich komme!« Irgendjemand antwortete, aber es war nicht Efraim. Die Tür wurde geöffnet, und ein Mann um die vierzig schaute sie an. »Ihr seid mit Sicherheit die Neuen, und lasst mich raten, ihr wollt Proviant, weil ihr anfangt zu zittern, außerdem Holz und was zum Anzünden!«

Sie sahen ihn verdattert an, und Fred fragte: »Woher wissen Sie …, woher weißt du das?«

Und er erwiderte grinsend: »Was meint ihr, wie lange ich diesen Job hier schon mache? Und immer wenn Neue kommen, wollen sie alle das Gleiche. Was soll man auch sonst hier machen? Ist doch saukalt und öde bis zum Gehtnichtmehr da draußen.« Er forderte sie auf, ihm zu folgen.

Sie gingen in den Innenhof und dann den »Kreuzgang« entlang.

Nach der zweiten Ecke hielten sie und der Mann öffnete eine Tür. »Tretet ein! Dies hier ist die Speisekammer für Newcomer. Wir sind ja nicht bei armen Leuten, also sucht euch aus, wonach es euch gelüstet!«

Die Wahl war nicht einfach. Ihre Blicke fielen auf Hühner, Enten, Kaninchen und ein komisches Tier, das so aussah wie ein Biber. Jasmin kannte es nicht.

Wenig später saßen sie in einem mit Tieren, Holz und Papier vollbepackten Jeep und fuhren hinaus in die Wüste. Sie durchquerten ein hügeliges Gelände, und als sie das Kloster nicht mehr sehen konnten, stoppten sie den Wagen. Laut Kilometerzähler waren sie fast dreieinhalb Kilometer gefahren. Die Sonne war schon vollständig untergegangen und ein tiefschwarzer klarer Sternenhimmel mit einem dominierenden Vollmond hing über der Landschaft.

»Sieht aus wie auf dem Mond hier, wenn er nicht gerade da oben stehen würde«, stellte Maximilian fest, als er aus dem Glasdach sah. »Lasst uns den Wagen ausräumen und ein Feuerchen machen! Es wird Zeit, dass ich was zu mir nehme.« Er drehte den Kopf und sah in den gackernden Kofferraum.

Den anderen ging es ähnlich, und so stiegen sie aus und balancierten mit allem, was für diesen Abend notwendig war, die Dünnen hinunter. Es war schon ziemlich kalt, und so beeilten sie sich, das Feuer anzubekommen. Sie saßen praktisch in einem Tal von Dünen. Die goldgelben Sandhaufen, die sich um sie türmten, flackerten im Schein des Feuers auf, und die Schatten der Gruppe wurden verzerrt gegen sie geworfen. Sie setzten sich um das Feuer und genossen die Abenteueratmosphäre.

Nach einiger Zeit, in der nur das Knistern der Flammen zu hören war, meldete Fred sich zu Wort: »Hey, wo bleiben die Kaninchen, ich brauche jetzt was zu trinken.« Er schabte unruhig mit dem Fuß im Sand.

Jasmin starrte in die Glut und sagte: »Mein Vater meint, die erste Nacht wäre die schlimmste!«

Alle sahen das Mädchen an, aber Jasmin blickte weiter ins Feuer. Anscheinend war das alles, was sie zu sagen hatte, und so wendeten sie sich wieder ab.

Dann hatte Maximilian eine Idee: »Leute, wie wäre es, wenn wir so lange warten, bis wir es nicht mehr aushalten können?«

Fred hob den Kopf. »Scheißidee. Gib mir fünf Minuten!«

Jasmin stand auf. »Blödsinn, ich hol mir jetzt ein Kaninchen, und nachher vielleicht noch eins!« Sie stand auf.

»Sie hat völlig recht!!« Max erhob sich ebenfalls und stieg hinter ihr die Dünen hoch.

Das Mädchen versuchte, halb krabbelnd, halb gehend, die Dünen heraufzukommen. Doch der Sand rutschte da, wo sie auftrat, immer wieder über ihre Füße, und sie verlor öfter den Halt.

»Kaninchen und Hühner, was?«, hörte sie jemanden jenseits des Sandberges rufen. »Ich weiß gar nicht mehr, wann ich mir zuletzt so was Ekelhaftes gegönnt habe!« Die Stimme kam aus der Richtung, in der das Auto stand.

Jasmin erkannte sie sofort. Scheiße, der Abend ist versaut!, dachte sie. Gregor!

Sie blickten alle die Dünen hoch und sahen dort im Mondlicht einen unheimlich bestrahlten Riesen stehen. Er trug irgendwas Großes unter dem Armen und stieg jetzt zu ihnen herunter. Jasmin gab Max ein Zeichen und sie bewegten sich zurück zum Feuer.

Im Schein der Flammen erkannten sie zwei menschliche Körper, die er trug. Sie hingen schlaff in seinen kräftigen Armen. Gregor stand jetzt unmittelbar vor der Gruppe und warf die Körper achtlos auf die Erde. Ein Pärchen, um die fünfunddreißig. Die Frau fiel mit dem Gesicht zuerst in den Sand, und der Mann stöhnte auf, als er mit der Seite aufschlug.

Es war plötzlich totenstill. Nur das Knistern des Feuers war zu hören. Gregor grinste und genoss die entsetzten Gesichter. Nur bei Jasmin fiel ihm auf, dass sie wie gebannt auf die Körper starrte. Er wusste sofort, dass sie schon einmal Bekanntschaft mit dem besten Zeug gemacht hatte, das er sich vorstellen konnte. Und das machte sie ihm noch sympathischer, sie schien überdies von Natur aus nicht so zimperlich zu sein wie die anderen.

»Mann, ist das 'ne öde Fete hier!« Er spreizte die Arme weit vom Körper ab und formte die Hände zu Klauen. Dabei verzog er das Gesicht zur Vampirpose und sagte mit tiefer Stimme: »Es ist Vollmond!« Und als er sah, dass sie nicht reagierten, machte er ein betont enttäuschtes Gesicht. Er senkte die Arme wieder, zuckte mit den Schultern und meinte: »Ich dachte, die beiden hier«, er deutete mit einer abwertenden Geste auf die beiden Körper vor sich im Sand, »kommen heute Nacht besser als 'ne Pulle Schluck. Aber gut, wenn ihr nicht wollt!« Er stellte sich mit etwas gespreizten Beinen vor die Frau und zog sie zu sich hoch, dabei wendete er den Blick nicht ab von der Gruppe.

In allen Gesichtern, außer in dem Jasmins, hatte sich nacktes Grauen breitgemacht, aber auch eine irgendwie geartete Faszination. Jasmin bemerkte er zufrieden, war am Ende ihrer Selbstbeherrschung. Das war es, was er beabsichtigt hatte. Gregor sah die Gier in ihrem Blick. Und er genoss es. Das Mädchen kniete mittlerweile im Sand und sah aus wie eine Katze, die sich zum Sprung bereit machte. Sie stand auf allen vieren, hatte ihren Körper angespannt und die Hände in den kühlen sandigen Boden gekrallt. Langsam, ganz langsam hob

Gregor die Frau weiter hoch und drückte dann ihren Hals an seinen Mund. Dann zwinkerte er der erstarrten Gruppe zu, ohne einen Blick von Jasmin zu lassen, und biss langsam, genussvoll zu.

»Haaaam!«, hörten sie ihn provozierend sagen, als er das Fleisch am Hals der Frau durchtrennte.

Sein Opfer schrie laut und gellend auf, sie fing an zu zappeln, aber Gregor stand im Sand wie eine Bronzestatue. Er nahm ein paar tiefe Züge, hob dann den Kopf und stöhnte befriedigt und absichtlich theatralisch in den nächtlichen Himmel.

Jasmin konnte nicht mehr, sie roch das frische Blut, das auf den Wüstensand tropfte, stürzte auf Gregor zu und versuchte, ihm die Frau zu entreißen. Doch er schien sie ohne Mühe von sich wegzustoßen, sie taumelte rückwärts und fiel über den zweiten Körper, der am Boden lag. Das Mädchen rappelte sich auf, krabbelte durch den staubigen Sand und warf sich quer über den Mann. Jasmin rammte ihre Zähne in seine Kehle, um ihm die Chance zu nehmen, zu schreien. Dann biss sie ein zweites Mal zu und durchtrennte seine Halsschlagader, das Blut spritze als pulsierender Strahl aus seiner Seite, und obwohl es nicht nötig gewesen wäre, saugte sie wie eine Besessene an der Wunde. Zuckend und röchelnd hauchte der Mann kurz nach seiner Gefährtin sein Leben aus. Irgendwann hatte sie genug, sie hob den Kopf und stöhnte befriedigt auf. Das riss die beiden Jungen aus ihrer Starre, sie stürzten auf Jasmin zu und stießen sie zur Seite. Sie rollte durch den Sand und blieb, abwesend in den Himmel starrend, liegen.

Gregor beobachtete, wie die beiden Jungen sich über den Mann hermachten, er lachte, und rief: »Fürs Volk, lasst es euch schmecken!«

Einer der beiden machte sich über den zweiten schlaffen Körper her.

Er sah kurz zu, ging dann zu Jasmin, hob sie auf und trug sie zum Feuer. Nachdem Gregor sie abgesetzt hatte, legte er sich quer hinter sie und stützte seinen Kopf auf seinen Arm.

Sie lehnte sich gegen seinen mächtigen Körper. »Danke, Gregor!«

Sie blickten beide gedankenversunken in das Feuer.

»Für die Blutspender? – Keine Ursache!«

Jasmin drehte sich auf den Rücken und sah in sein Gesicht. »Machst du das immer so?«

»Natürlich, ist doch viel geiler, oder?«

Sie nickte und sah wieder in die Flammen. Sie merkte auf einmal, dass sie ihn mochte. Er lebte das aus, was sie sich nicht traute, weil es irgendwie nicht recht war. Es war einfach nicht menschlich. »Es macht Spaß, aber es ist pervers!« Sie drehte sich wieder auf die Seite und blickte in die Flammen.

Er lachte kurz auf: »Pervers ist nur, was man als pervers empfindet!«

Sie warf Holz in das Feuer und sagte: »Komisch.«

Gregor sah sie fragend an: »Was ist komisch?«

Es dauerte eine Weile, ehe sie reagierte.

Dann drehte sie sich wieder auf den Rücken und sah ihm in die Augen. »Ich mag dich, Gregor.« Sie küsste ihn, als er sich zu ihr herunterbeugte, und er erwiderte ihren Kuss. Dann setzte sie sich aufrecht hin. Sie genossen es, so dicht beieinander am Feuer zu sein.

Einige Zeit später blickte Jasmin ihn lächelnd an. »Wie hast du uns gefunden?«

»In der Wüste kann man in der Nacht schon ein Streichholz meilenweit sehen, ein Kinderspiel!« Er grinste.

Jasmin sah in die Richtung, in der sich die beiden Jungen befanden. Sie hatten ihre Mahlzeit beendet und saßen zusammengesunken neben den Toten. Und plötzlich fiel ihr etwas auf. »Gregor, wo ist Isabella?«

»Ich glaube, sie ist eben abgehauen, als ich mir die Dame gegönnt habe. Ich dachte, sie wäre kotzen gegangen. Sie sitzt vielleicht im Auto.«

»Ja, vielleicht«, stimmte Jasmin zu. Sie nahm einen Stock und stocherte in der Glut herum, das Feuer loderte etwas auf. Dann sah sie Gregor abrupt an, riss die Augen auf und schrie: »Scheiße, komm mit!« Sie sprang auf und rannte Richtung Auto.

Gregor blieb liegen.

»Gregor, komm bitte. Du musst mich zurückfahren!«

Er zog ein betont desinteressiertes Gesicht, murmelte irgendwas vor sich hin, aber stand jetzt endlich auf. »Was hast du denn auf einmal, Mann!?«

Jasmin antwortete ihm nicht. Sie hatte den Wagen erreicht, aber Isabella war nicht hier. Gregor holte sie ein und stand jetzt dicht hinter ihr. Er sah, wie sie ihr Handy wieder in die Tasche gleiten ließ.

»Scheiße, kein Empfang hier, hatte ich vergessen!«, fluchte sie. »Hier ist sie auch nicht!« Jasmin war aufgeregt.

»Mann, lass sie doch laufen!« Er nahm sie am Oberarm. »Komm, wir gehen wieder zurück zum Feuer.«

Jasmin riss sich los. »Du verstehst nichts. Fahr mich bitte zurück!«

Gregor schaute sie an und zuckte mit den Schultern. »Na los, da hinten steht mein Wagen!«

Sie liefen zu seinem Auto, und nachdem Jasmin auch eingestiegen war, startete er den Motor. Gregor gab Gas und die Räder drehten auf dem sandigen Boden durch. Er schaltete in den zweiten Gang und langsam wühlte sich der Wagen vorwärts. Sie zogen einen riesigen Staubwirbel hinter sich her, und er fuhr so schnell es eben ging zurück zum Kloster, obwohl Gregor immer noch nicht verstand, weswegen Jasmin plötzlich so aufgeregt war. Vor dem Tor legte er eine Vollbremsung hin und Jasmin sprang aus dem noch rutschenden Auto.

»Verrückte Frauen!«, murmelte er und stellte den Motor ab. Dann stieg auch er aus und ging zu ihr.

Jasmin hatte geklopft. Sie empfand es als Ewigkeit, bis sich die Luke in der Tür öffnete. Sie ließ den Mann gar nicht erst zu Wort kommen. »Ist Isabella hier?«

»Ja, hab sie vor zehn Minuten reingelassen«, beantwortete er ihre Frage.

»Bitte, mach die Tür auf!«

Er öffnete und die beiden betraten die Halle.

»Wo ist ihr Zimmer?«, fragte sie hektisch.

»Deine Etage, direkt gegenüber der Treppe«, erwiderte er.

Jasmin stürmte die Treppe hoch.

Gregor sah den Mann verständnislos an und zuckte mit den Schultern.

Der andere erwiderte den Blick. »Geh ihr nach, und beeil dich!« Der Mann an der Tür hatte Grund genug, ihm das zu sagen. Er hatte, als er das Tor aufmachte, Isabellas Gesichtsausdruck gesehen.

Und jetzt verstand auch Gregor. Wenn er richtig lag, hatte er so was in der Vergangenheit schon hin und wieder erlebt. Er sprintete Jasmin hinterher. Sie hatte gerade die Tür zu Isabellas Zimmer geöffnet, und er sah, dass das Mädchen hektisch einen Lichtschalter suchte.

»Vergiss es, hier haben nur die Flure und die Hallen elektrisches Licht. Ist nur ein kleiner Generator.«

Jasmin sah im schwachen Schein der Flurbeleuchtung auch so, dass Isabella nicht in ihrem Zimmer war. Sie dachte einen

Moment lang angestrengt nach. Dann riss sie die Augen weit auf und sah Gregor an. Sie wusste auf einmal, wo sie war. Gefolgt von Gregor lief sie zum Unterweisungsraum. Sie stieß die Tür auf und sah Isabella im Mondlicht an einem Abschleppseil von dem schmiedeeisernen Leuchter baumeln; er schwankte noch leicht und quietschte. – Keine fünf Minuten, schoss es Gregor durch den Kopf. Er stürmte an Jasmin vorbei und löste die Schlinge vom Hals des Mädchens. Ihr Kopf fiel ihr in den Nacken. Sie war von der Lehne des Sessels gesprungen und hatte sich dabei das Genick gebrochen. Gregor legte sie im Flur auf den Boden. Isabellas glanzlose Augen waren weit aufgerissen, aus einem der Mundwinkel hing ihre blaue Zunge, von der jetzt Speichel auf den Boden tropfte.

Der Mann, der ihnen geöffnet hatte, kam hinzu und bemerkte trocken: »Manche kommen damit nicht klar, sie empfinden es als Fluch, hatten wir schon öfter, nicht wahr, Gregor?«

Der Hüne blickte auf die Tote und sah dann Jasmin an. Er senkte die Augenlieder und nickte.

Der Pförtner blickte zu Gregor hoch. »Bring sie bitte weg. Du weißt ja, wohin. Ich werde ihren Eltern Bescheid sagen!«

Gregor nickte. Er hob die Tote auf und trug sie wortlos an Jasmin vorbei. Sie hatte den Kopf gesenkt und schaute auf den Platz am Boden, wo das Mädchen lag. Gregor sah natürlich, dass das alles Jasmin ziemlich mitgenommen hatte. Vielleicht machte sie sich jetzt auch Vorwürfe, weil sie die Anzeichen in Isabellas Verhalten nicht oder falsch interpretiert hatte. Aber er wusste im Moment nicht, wie er sie ansprechen sollte. Deshalb nahm er sich vor, später zu ihr zu gehen. Vielleicht wollte sie ja darüber reden.

Während des Unterrichts bekamen die Neuen einige Tipps, wie sie mit ihrem plötzlichen Lebenswandel am besten umgehen sollten. Aber letztendlich musste es jeder doch allein schaffen. Vielleicht, dachte Gregor, war er auch mit schuld an ihrem Tod. Es konnte ja durchaus sein, dass er sie heute etwas zu sehr geschockt hatte. Er sah auf das Mädchen, das er trug, und konnte nicht verstehen, weshalb sie sich umgebracht hatte. Es machte Spaß, ja und er, sie alle hier, waren etwas Besonderes unter der Sonne. In dieser Beziehung war er sich absolut sicher. Er brachte sie in einen Raum, der für Erste Hilfe eingerichtet war, und legte sie wie schon einige vor ihr auf eine Pritsche. Dann verschloss er wieder die Tür. Ihre Eltern würden sie noch sehen wollen. Die Behörden würden wie immer einen Haufen Fragen beantwortet haben wollen, wenn man Tote ins Ausland überführt. Deshalb begrub man sie weit ab vom Kloster. Aber es lief nebenbei und wurde meistens stillschweigend von den engsten Familienangehörigen erledigt. Schämten sie sich wegen der Schwäche ihrer Kinder? Gregor konnte es, wenn es so wäre, gut verstehen.

Er fragte am Tor nach Jasmins Zimmer. Etwas später stand er vor ihrer Tür und klopfte.

»Herein!«

Er trat ein, schloss leise die Tür hinter sich und setzte sich auf den Stuhl. Jasmin hatte kein Licht gemacht, nur das wenige Mondlicht, das durch das kleine Fenster fiel, ließen schemenhaft ihre Konturen erkennen. Er nahm sein Feuerzeug aus der Tasche und griff nach der Kerze auf dem Tisch.

»Nein, lass bitte das Licht aus.« Jasmin bewegte sich nicht. »Komm zu mir!«

Gregor setzte sich neben sie auf das Bett. Sie lehnte sich an ihn und sah zu dem kleinen Fenster hoch. Jetzt, da ihr Gesicht mehr beleuchtet wurde, konnte er sehen, wie ihr Tränen über die Wangen liefen. Er legte einen Arm um sie und nahm ihre Hände.

»Ich hätte es wissen müssen!«, fing Jasmin an. »Aber ich habe es nicht so ernst genommen. Sie machte nur einen leicht deprimierten Eindruck auf mich. Sie sagte, dass sie damit nicht leben könnte und dass sie fast ihren Freund umgebracht hätte.«

Sie schwiegen eine Weile, und dann wiederholte Gregor ihr gegenüber die Gedanken, die ihm eben durch den Kopf gegangen waren.

Jasmin schüttelte daraufhin den Kopf. »Nein, ich glaube nicht, dass du der Auslöser warst, sie konnte den Gedanken an sich schon nicht ertragen, jemanden zu töten.« Das Mädchen schmiegte sich an ihn und küsste ihn.

Er erwiderte ihre Liebkosungen und sie ließ sich nach hinten auf das Bett gleiten.

Gregor legte sich neben sie.

»Hoffentlich kommt mein Vater nicht noch Gute Nacht sagen!«, sprach sie ihre Gedanken laut aus.

Gregor grinste, was Jasmin natürlich nicht sehen konnte, er wusste, was ihr Vater von ihm hielt, wenn er es ihm auch noch nie ins Gesicht gesagt hatte. Zärtlich streichelte er sie: »Ja, das hoffe ich auch!«

Am nächsten Morgen, als sie aufwachte, blieb sie noch ein wenig verträumt liegen. Es war noch sehr früh, und deshalb hatte sie noch ein wenig Zeit, bevor Josh sie weckte. Sie wusste nicht, wann Gregor gegangen war, aber obwohl er wirklich, wie Efraim sagte, »keine Manieren hatte« – sie musste lächeln –, glaubte sie, dass es für sie ohnehin kein Grund gewesen wäre, sich nicht in ihn zu verlieben.

Joshua ging nur kurz darauf ein, was letzte Nacht passiert war. Und die beiden Jungen sahen bestürzt zu Boden.

»Ja, meine Herren, das passiert schon mal, und ich hoffe, dass ihr euren Weg findet.« Josh wartete noch einen Moment, dann fuhr er mit dem Stoff fort, den er jedes Jahr aufs Neue erzählte.

Jasmin stellte fest, dass der Unterricht tatsächlich bis auf einige Themen sehr trocken war, und auch Joshs gelegentliche ironische Bemerkungen lockerten alles nur wenig auf.

Nachdem sie es für diesen Tag endlich hinter sich hatten, Josh ihnen eine unterhaltsame Nacht gewünscht hatte, was auch immer er sich darunter vorstellte, und den Raum verlassen hatte, wollte auch Jasmin in ihr Zimmer gehen. Sie stand auf und ging zur Tür.

»Hey! Was machen wir heute Abend?«

Jasmin wendete sich um und sah die beiden Jungen an. »Nichts, ich bin schon verabredet.«

»Etwa mit dem wandelnden Kleiderschrank, von gestern Nacht?«, fragte Fred.

Sie grinste. »Was dagegen?« Und verließ den Raum.

Nachdem sie die Tür zugezogen hatte, sahen sich die beiden Jungen gegenseitig an. »Scheiße, schätze, gegen den haben wir keine Chance!«

»Genau!«, war die Antwort.

Eigentlich wollte sie Gregor suchen, aber auf dem Weg zu seinem Zimmer überlegte sie es sich anders und klopfte an die Tür ihres Vaters.

»Es ist offen!«, hörte sie ihn im ironischen Ton rufen.

Sie trat ein und sah ihren Vater am Tisch sitzen. Er schrieb irgendwas.

»Jasmin! Setz dich. Wart ihr gestern in der Wüste?« Er sah kurz auf und schrieb dann weiter.

»Ja, waren wir. Hat riesig Spaß gemacht, bis auf die Sache mit Isabella.«

Er sah sie an und nickte. »Glaube ich dir, Josh hat euch wahrscheinlich einiges zu dem Thema gesagt, oder?«

»Ja, hat er«, erwiderte sie.

Zupko sah sie ein wenig besorgt an. »Ich hatte Angst, dass du auch so reagierst, ich hoffe, du kommst klar?«

Sie nickte. »Kein Problem!«

»Gut, das beruhigt mich.« Ihr Vater schrieb wieder weiter.

Jasmin hatte sich eigentlich vorgenommen, von Gregor zu erzählen. Aber sie suchte noch nach einer passenden Überleitung, bis sie sich schließlich doch entschied, einfach irgendwie anzufangen. »Ich habe einen Freund, Papa.«

Zupko sah nicht auf und schrieb nebenbei weiter. »Finde ich super, ehrlich. Kenne ich ihn?«

»Ja«, antwortete sie.

»Einer von den Neuen?« Und als sie nicht sofort antwortete, setzte er nach: »Na los! Spann mich nicht so auf die Folter!«

»Es ist Gregor!«

»Der Gregor?«, fragte er zur Sicherheit.

»Ja!«, sagte Jasmin.

»Großer Gott!« Ihr Vater warf den Stift auf die Tischplatte. Dann lehnte er sich gespielt zurück und schlug die Hände vor sein Gesicht.

»Du siehst nicht sehr begeistert aus!«, stellte Jasmin fest.

»Wie auch, er ist ein grober Klotz. Im wahrsten Sinne ein Motorradrocker, und außerdem mag ich seine Art zu speisen überhaupt nicht. Ich habe mich gestern schon gefragt, wo er die ganze Zeit war.« Er suchte nach noch mehr Gründen, aber ihm fiel nichts Gutes mehr ein, und so sagte er: »Und außerdem ist er mehr als einhundert Jahre älter als du!«

An das Letzte hatte Jasmin noch gar nicht gedacht. Aber es interessierte sie auch nicht weiter: »Ich mag ihn trotzdem!«, sagte sie stur.

»Glaube ich dir ja. Aber deshalb kannst du nicht von mir verlangen, dass ich vor Begeisterung Luftsprünge mache. Er wird mit Sicherheit einen schlechten Einfluss auf dich haben, und das aus einem einfachen Grund. Weil er sieben Tage die Woche, und das viermal im Monat, Vampir ist.«

»Und was ist daran nicht in Ordnung?«

Ihr Vater ließ sich Zeit mit seiner Antwort. Dann zuckte er mit den Schultern. »Weiß ich auch nicht. Ich finde es eben nicht gut.«

»Ich werde heute Abend mit ihm ausgehen«, sagte sie trotzig.

Er lächelte schwach. »Du würdest sowieso gehen, auch wenn ich es verbieten würde.«

Sie nickte. »Ja.«

»Siehst du? Also viel Spaß.«

»Danke, Papa.« Sie drehte sich um, um den Raum zu verlassen.

»Jasmin! Bitte warte noch einen Moment.«

Sie schaute sich zu ihm um.

Er lächelte. »Danke, dass du mich in Kenntnis gesetzt hast!«

Sie ging zurück zu ihm und küsste ihn auf die Wange. Dann verließ sie das Zimmer.

»Meine Tochter wird erwachsen«, sagte er zu sich selbst. Zupko hielt zwar, wie er seiner Tochter gesagt hatte, nicht viel von Gregors Stil und seinen Essgewohnheiten, aber er kannte ihn, seit er vor rund hundertfünfzig Jahren in die Familie aufgenommen wurde. Und bis heute hatte er noch keine groben Fehler gemacht. Er war immer vorsichtig und galt in der Familie als zuverlässig und manchmal sogar hilfsbereit. Wenn Zupko sich zurückerinnerte, war er stets gut gelaunt gewesen. Er vermutete, dass seine Art zu leben tatsächlich die bessere Lösung war.

Jasmin sah auf die Uhr. Es war jetzt kurz vor sechs. Sie legte sich noch eine Stunde aufs Bett und ging sich dann schminken. Im Waschraum sah sie lange in den Spiegel. Dann breitete sie auf dem Waschbecken ihr Schminkzeug aus und fing an, sich wie immer leicht zu schminken. Die Augen und Augenbrauen schwarz betont. Ein wenig Rouge auf die Wangen und die Lippen unauffällig rötlich und etwas glänzend geschminkt. Sieht gut aus, dachte sie. Aber irgendwas passte nicht, störte sie einfach. Nur, sie fand nicht raus, weshalb. Lange schaute sie sich ihr Gesicht im Spiegel an und wusste plötzlich, was es war. Sie nahm ein Kosmetiktuch aus ihrer Tasche und wischte sich die Lippen wieder ab. Dann suchte sie sich aus ihrem Repertoire den entsprechenden Lippenstift und schminkte sich den Mund dunkelrot. Sie umrandete die Lippen schwarz und tönte dementsprechend die Wangen nach. Ein wenig mehr Schwarz an die Augen, fertig. Sie blickte im Spiegel in ein fremdes, mystisches Gesicht. Zum Schluss öffnete sie noch ihre Haarspange und ihre Haare fielen ihr locker und wellig über die Schultern. In ihrem Zimmer holte sie sich die schwarze enge Jeans aus der Truhe und zog sich ihre dunkelblaue Baseballjacke an. Es war zwar keine gute Lederjacke, aber es ging fürs Erste. Passende Schuhe hatte sie auch nicht, aber hier draußen waren Turnschuhe sowieso angebrachter.

Die Uhr zeigte Viertel vor acht. Gregor konnte kommen. Jasmin setzte sich aufs Bett und wartete.

RITUAL

Sie saßen im Unterrichtsraum und Josh erzählte über die letzten dreihundert Jahre. Aber Jasmin hörte nicht zu. Sie dachte an die letzte Nacht, nachdem sie lange durch die Wüste gefahren waren, hielten sie irgendwo an und machten ein Feuer. Sie legten sich davor, wie am ersten Abend, als sie sich kennengelernt hatten. Gregor hatte ihr gesagt, dass er sie liebte und dass er sie für außergewöhnlich hielt. Und damit hatte er sie vor ein Problem gestellt, das ihr in dem Maße vorher noch gar nicht aufgefallen war. Sie wusste, dass sie es in den Vollmondnächten so brauchte, wie Gregor. Sie hatte die gleiche Natur wie er. Und damit erkannte sie auch, dass sie mit einer Art Nadel wie die ihres Vaters niemals hätte glücklich werden können. Sie hatte ein wildes Tier in sich entdeckt. Isabella hatte recht: einen Wolf, der instinktiv handelte, wenn es an der Zeit war. Sie sah die Bilder der letzten Nächte vor sich. Der Geruch der Haut, der Biss in das warme weiche Fleisch ihrer wehrlosen Opfer, denen sie so haushoch überlegen war – ein Vorspiel. Und dann der Geschmack des Blutes auf der Zunge, der sie alles vergessen ließ und von dem sie nie genug bekam. Das alles brauchte sie. Sie hatte in den letzten zwei Nächten alle Hemmungen über Bord geworfen und lebte diesen Trieb voll aus. Und sie war so glücklich wie noch nie in ihrem Leben. Doch es war ein Leben, das sie niemals hätte in Deutschland bei ihrem Vater ausleben können. Auf der anderen Seite würde sie sehr alt werden. Und ihr Vater bot ihr eine gesicherte vielversprechende Zukunft. Doch sie brauchte auch Gregor. In Deutschland musste sie sich zwangsläufig an die Nadel gewöhnen. Vielleicht war das sogar möglich. Doch ihr erschien ein solches Leben als grau und öde. Gregor hatte sie gefragt, ob sie mit ihm gehen würde. Südamerika. Ein Land, in dem, wenn man aufpasste, woher man seinen Anteil holte, keine Fragen gestellt wurden. Er hatte irgendwo eine kleine Motorradwerkstatt. Und seine freie Zeit verbrachte er damit, mit einigen Leuten durch die Gegend zu fahren.

Jasmin wusste noch nicht, was sie machen sollte. Es war nicht so, dass sie Gregor nicht vertraute. Nein, das war es mit Sicherheit nicht. Sie spürte, dass sie an einem entscheidenden Punkt angelangt war. Und niemand konnte ihr in dieser Sache helfen. Aber sie hatte einen Trost, der ihr diese Situation erleichterte. Wie sagte ihr Vater? »Ich möchte dich daran erinnern, dass Zeit nicht zu deinen Problemen zählt.«

Der Tag schleppte sich träge dahin. Tief in ihrem Inneren hatte Jasmin die Umwandlung schon lange beendet. Sie fühlte sich schon jetzt als vollwertiges Mitglied der Familie und betrachtete das Ritual eigentlich nur noch als traditionelle Formalität.

Irgendwann am Nachmittag sagte Josh endlich die erlösenden Worte: »So, Leute, das war alles, was ich euch zu sagen hatte. Ich hoffe, ich habe euch nicht allzu sehr gelangweilt!« Er sah die kleine Gruppe junger Leute an und sie schüttelten müde die Köpfe. »Dann bin ich ja beruhigt, mich hat es seinerzeit zu Tode gelangweilt.« Und er fügte hinzu: »Ich möchte, dass ihr jetzt auf eure Zimmer geht und dort – allein – wartet, bis man euch abholt. Macht euch noch Gedanken über das, was ich euch alles erzählt habe. Die ganze Bedeutung der Macht, die euch eure Fähigkeiten verleiht, werdet ihr im vollen Umfang erst später und langsam begreifen.« Und nach einer Pause sagte er lächelnd: »Und ich hoffe, das passiert, ehe ihr uns alle in große Schwierigkeiten bringt!« Er wartete noch ruhig eine Minute, in denen er alle musterte, und sagte grinsend zum Abschluss, bevor er sie verließ: »Ich bin sicher, es wird eine – wie sagt ihr? – riesige Fete heute Abend werden, bis dann!« Er wendete sich um und verließ den Raum.

Die drei saßen stumm da. Etwas später, nachdem Josh gegangen war, stand Jasmin auf und verließ auch den Raum. Die Jungen folgten ihr kurz darauf und gingen ebenfalls schweigend auf ihre Zimmer.

Jasmin saß in einer Ecke ihres Zimmers und hatte die Arme vor den Knien verschränkt. Stumm blickte sie auf die Maserung des Steinfußbodens vor sich. Sie dachte nicht, sie saß einfach nur da und lauschte dem Wind, der um das Kloster heulte. Als jemand an ihre Zimmertür klopfte, schaute sie auf die Uhr. Ihr war nicht bewusst gewesen, dass sie mehr als zwei Stunden regungslos da gesessen hatte. Jasmin erhob sich und öffnete. Auf dem Flur stand jemand in einer typischen Mönchskutte. Er hatte die Kapuze so tief ins Gesicht gezogen, dass sie nicht erkennen konnte, wer es war. Mit einer Hand bedeutete er ihr zu folgen. Sie ging ihm schweigend hinterher, und er führte sie in eine kleine Kammer, in der auch für sie ein solches Kleidungsstück hing. Sie streifte es sich über und setzte die Kapuze auf. Danach folgte Jasmin ihm in die Empfangshalle. Er öffnete das Tor weit und sie blickte das erste Mal auf alle Anwesenden der Familie. Sie alle trugen schwarze Kutten und hatten sich im Halbkreis vor dem Tor aufgestellt. Es war schon fast ganz dunkel und die Gruppe hatte Fackeln angezündet.

Jasmin wurde in die Mitte des Halbkreises geführt und wartete ab. Zwei andere Personen erschienen und stellten die beiden Jungen neben sie. Einige Zeit war nur das ewige Heulen des Windes zu hören, der mit den Feuern der Fackeln spielte und wilde Schatten an die Klostermauern warf.

Dann trat Efraim aus der Halle. Der Alte hatte als Einziger keine Kapuze auf. Er stellte sich vor die Gruppe, schloss die Augen und nickte. Es war alles bereit. Tiefes monotones Paukentrommeln setzte ein, und Efraim wendete sich um, um zurück in die Halle zu gehen. Ihm folgten die drei Neuen, und nachdem der Abstand größer wurde, setzte sich die übrige Gruppe in Bewegung und ging dem Kopf der Prozession nach. Sie durchschritten, immer begleitet von einem einfachen Paukenrhythmus, den Kreuzgang und betraten eine kirchenähnliche Halle. Es gab kein elektrisches Licht, nur die Fackelträger, die nacheinander den Raum betraten und sich langsam in der Halle verteilten, erhellten den Saal nach und nach. Sie steckten die Fackeln in die zahlreich vorhandenen Halter an den Wänden.

Jasmin sah jetzt, dass der Raum bis auf einen Tisch an seiner Längsseite, auf dem polierte Metallbecher standen, leer war. Eine höhere Stufe führte in das letzte Drittel des Saals, etwa an der Stelle, an der in normalen Kirchen der Altar stand. Doch schwere Samtvorhänge, die von der mehrere Meter hohen Decke bis auf den Boden reichten, verwehrten den Blick in diesen Bereich.

Efraim stellte sich auf die Stufe vor den Vorhang und sah lange und schweigend die Gruppe an. Dann blickte er die Neuen an und eröffnete mit feierlicher Stimme das Ritual: »Nehmt die Kapuzen ab, damit ich Eure Gesichter sehen kann!«

Die Trommeln setzten aus, während Jasmin und die beiden Jungen ihre Kapuzen zurückwarfen und Efraim ansahen.

Er blickte die drei ernst an und rief dann: »Seid Ihr bereit?«

Die Neuen antworteten mit fester Stimme nacheinander: »Ich bin bereit«, so wie sie es gelernt hatten.

Efraim lächelte väterlich und sprach dann weiter: »Dann sagt mir nach: ›Ich gelobe, das Wissen, das ich hier erhalten habe, für mich zu behalten und nichts preiszugeben, was auch geschieht.‹«

Er wartete ab, bis sie den Satz vor der ganzen Gruppe wiederholt hatten, und redete dann fast im normalen Plauderton weiter: »Kommt zu mir und stellt Euch neben mich auf diese Stufe.«

Als sie neben ihm standen, rief er mit lauter Stimme: »Zeigt uns nun, dass Ihr zu uns gehört!«

Er hob ruckartig die Arme, der Paukenrhythmus setzte wieder ein und die Vorhänge bewegten sich zur Seite. Sie blickten auf sechs kreisförmig angeordnete Altare. Auf dreien von ihnen lag jeweils eine halb nackte Person. Sie sahen aus, als schliefen sie. Aber Jasmin wusste mittlerweile, dass es eine Art tiefe Hypnose war.

Efraim trat vor die kleine Gruppe Neuer und flüsterte ihnen zu: »Sie gehören Euch. Aber geht langsam. Wir haben Zeit.«

Der Takt der Paukenschläge wurde schneller, als sich die drei an den Altären verteilten, ihre Köpfe senkten und auf ihre Opfer niederblickten. Er sah, wie langsam die Gier in ihren Augen erwachte, und es freute ihn. Efraim hatte seit jeher prinzipiell eine Abneigung gegen Mord, aber das Ritual stellte wie bei jeder Regel die Ausnahme dar. Er blickte alle der Reihe nach an. Doch bei Jasmin fiel ihm auf, dass sie sich trotz aller Sucht in ihrem Blick besonders beherrschte. Und in diesem Moment wusste er, warum Gregor die beiden letzten Nächte nicht im Salon gewesen war. Für Jasmin war es nicht das erste Mal heute Abend, dass sie menschliches Blut bekam. Und sollten die beiden Jungen auch »von Gregors Abwesenheit profitiert haben«, musste es schon länger zurückliegen.

Er würde später mit Gregor reden müssen.

Efraim fuhr im Ablauf des Rituals fort. »Kniet nieder und achtet auf die Trommeln!«

Der Rhythmus setzte wieder ein, lauter und immer schneller, während die Neuen versuchen mussten, sich zu beherrschen. Dann gab Efraim ein Zeichen und die Pauken verstummten.

Einen Moment war es totenstill, alle standen wie erstarrt da und warteten auf den kurzen erlösenden Satz Efraims. Er ließ sich Zeit, obwohl sich auch in ihm wie wohl in jedem anderen der Anwesenden das Verlangen regte, bis er endlich sagte: »SIE GEHÖREN EUCH!«

Die Todesschreie der Menschen auf den Altären wurden überdeckt von den Pfiffen und Jubelschreien der Familie, als sie sahen, wie die drei Neuen ihre Zähne in den Hals ihrer Opfer rammten.

Jasmin bekam alles nur noch im Unterbewusstsein mit. Ihre Zähne gruben sich in den Hals ihres zuckenden und röchelnden Opfers. Sie genoss, wie beim ersten Mal, den Duft des Blutes zutiefst und verstärkte den Druck ihrer Kiefer, um sie noch weiter in das Fleisch zu treiben. Gierig trank sie, bis sie nicht mehr konnte. Dann sackte sie zusammen und genoss neben dem Altar sitzend die Wirkung des Elixiers. Jeder Altar hatte eine quer verlaufende leicht abfallende Rinne, die unter dem Hals des darauf liegenden Menschen verlief, der Körper blutete weiter aus, und das Blut lief durch diese Rinne in ein großes Gefäß, dessen Inhalt dann unter der anwesenden Menge verteilt wurde.

Bald drauf wurde das elektrische Licht eingeschaltet, die Fackeln gelöscht, die Anwesenden zogen ihre Kutten aus, unter der sie festliche Kleidung trugen, und von irgendwoher erklang Tanzmusik.

Jasmin empfand es so, als würde sie brutal in eine andere Welt gerissen.

»Lass dich nicht so gehen!«, hörte Jasmin. Und als sie aufblickte, sah sie ihren Vater.

»Du hast mich angelogen, Papa. Das Ritual war anders, als du gesagt hast«, sagte sie monoton.

»Ich wollte es dir zu Hause nicht so offen sagen, deswegen habe ich …«, er zögerte, »na ja, zu einer kleinen Notlüge gegriffen. Es war eben ein wenig perverser.«

Jasmin lächelte ihn mit blutverschmiertem Gesicht an: »Das ist eine reine Standpunktfrage, findest du nicht?«

Er grinste. »Gregors schlechter Einfluss, was?«

»Ja«, gab sie ehrlich zu.

Ihr Vater zog die Augenbrauen hoch. »Genau das habe ich befürchtet. – Wasch dir den Mund ab, und vor allem, zieh dieses alberne Ding aus!« Er deutete auf ihre Kutte. »Es gibt hier eine Menge Leute, die dich kennenlernen wollen.«

Jasmin ging, um sich umzuziehen. Als sie dann nach einiger Zeit wiederkam, sah sie ihren Vater mit Gregor in einer Ecke stehen und reden.

Gregor winkte sie zu sich. Bevor sie etwas sagen konnte, ergriff er mit seiner überdurchschnittlich tiefen, aber, wie Jasmin fand, erotischen Stimme das Wort: »Jasmin, ich habe deinem Vater gesagt, dass du gern mit mir ein paar Wochen Urlaub machen möchtest.«

Sie stand genau neben ihrem Vater und sah ihren Freund überrascht an: »Und, was hat er gesagt?«

»Ich habe gesagt«, erklärte Zupko, »dass ich einverstanden wäre, unter einer Bedingung: dass dieser Urlaub nicht länger als drei Wochen dauern wird. Ich möchte nicht, dass du zu viel vom neuen Schuljahr versäumst.«

»Danke, Papa!« Sie fiel ihm in die Arme.

Zupko schaute sie lächelnd an und sagte: »Sieh es als Geschenk an, weil heute dein großer Tag ist, und jetzt«, er sah beide an, »geht erst mal tanzen!«

Gregor verzog das Gesicht, ging aber mit Jasmin trotzdem auf die Tanzfläche. Tanzen war das Letzte in der Reihe von den Dingen, die er gern tat. Und so war er froh, dass es nicht lange dauerte, bis ihm jemand Jasmin abnahm. Er ging zu dem Tisch, auf dem die Becher standen. Sie wurden aus welcher Quelle auch immer öfter aufgefüllt. Und Gregor holte sich Nachschlag.

Irgendwann kam Jasmins Vater schwitzend zu ihm: »Lange wird dieser Abend nicht mehr dauern, die meisten werden morgen wieder fahren wollen.«

Sie sahen dem Treiben auf der Tanzfläche zu.

»Gregor!«

Der Hüne blickte zu Jasmins Vater herab.

Zupko sagte einfach das, was er dachte: »Du weißt natürlich, dass wir unterschiedliche Lebenseinstellungen haben. Ich werde den Teufel tun und dir da reinreden. Meine Tochter ist jung und unerfahren, deswegen habe ich nur eine Bitte: Pass auf sie auf!«

Gregor nickte. »Du hast mein Wort drauf!«

Zupko sah ihn ernst an. »Ich hoffe, du meinst das ernst!«

»Das tue ich.« Gregor erwiderte seinen Blick und sagte: »Sie ist ein außergewöhnliches Mädchen!«

Zupko blickte lächelnd in die tanzende Menge und suchte seine Tochter. »Das weiß ich, und deshalb ist mir nicht wohl bei dem Gedanken, dass wir morgen unterschiedliche Flieger nehmen!«

Gregor sah nun auch Richtung Tanzfläche und meinte: »Ich denke, wir haben noch einiges zu besprechen.«

»Ja«, sagte Jasmins Vater, »das glaube ich auch.«

Und während sie redeten, sahen sie Jasmin zu, die, keinen Tanz auslassend, mit den unterschiedlichsten Leuten über die Fläche schwebte und sich anscheinend köstlich amüsierte.

Es wurde in der Tat heute nicht mehr allzu spät. Zupko bedauerte es. Dies Mal hatte es ihm so viel Spaß gemacht wie schon lange nicht mehr. Natürlich auch deswegen, weil er endlich Jasmin mitbringen konnte. Zupko war stolz auf seine Tochter, er hatte lange warten müssen, bis er sie jetzt endlich den Ältesten präsentieren konnte.

Auf dem Weg zu ihren Zimmern überlegte Jasmins Vater, wie sie die wenige Zeit, die ihm und seiner Tochter hier noch verblieb, nutzen sollten. Sie konnten selbstverständlich noch im Kloster bleiben. Aber in dieser Nacht waren alle das letzte Mal für dieses Jahr zusammen, und so würden die nächsten zwei Tage nur noch Gespräche bis tief in die Nacht bedeuten. Abgesehen davon war er die nächsten Wochen wie so oft vorher wieder getrennt von seiner Tochter. Allein schon aus diesem Grund beschloss Zupko, morgen zu fahren, er wollte Jasmin noch was von diesem faszinierenden Land bieten, und nicht zuletzt war es vielleicht auch die letzte Möglichkeit für ihn, mit ihr zusammen den Urlaub zu verbringen.

Sie schliefen am nächsten Morgen lange. Gegen Mittag dann packten Jasmin und ihr Vater zusammen mit Gregor die Autos voll. Aber wegen der Hitze warteten sie noch bis zum späten Nachmittag, ehe sie nach Kairo aufbrachen. Die beiden Wagen waren, wie bei der Hinfahrt, bis unter das Dach vollgepackt. Jasmin fuhr abwechselnd mit Gregor und ihrem Vater. Spät in der Nacht, oder besser sehr früh am Morgen, bevor die Sonne aufging, erreichten sie die Hauptstadt und mieteten sich drei Zimmer in einem Hotel.

Gegen Mittag, noch bevor die Zupkos aufstanden, brachte Gregor seinen Wagen zurück zur Vermietung und buchte über das Internet in seinem Zimmer einen Flug für zwei Personen nach Brasilien, dann ging er zurück in das Hotel. Er erfand eine gute Ausrede vor Jasmin, um ihrem Vater und ihr die Möglichkeit zu geben, noch bis zum Flug allein zu sein. Seit ihrem Gespräch auf dem Ball sah Gregor Zupko in einem anderen Licht. In seinen Augen war er nicht mehr länger der konservative, grüblerische Typ, für den er ihn all die Jahre gehalten hatte. Und was Jasmin betraf, konnte er seine Besorgnis sogar verstehen.

Jasmin und ihr Vater verbrachten den Tag in der Stadt. Sie schlenderten über den Basar, auf dem das Mädchen sich köstlich über die Händler amüsierte, die ihr alles zum Spottpreis verkauften. Jasmin staunte wie alle Touristen über die orientalischen Bauwerke und war fasziniert von den jahrtausendealten Kunstschätzen im Nationalmuseum. Aber auch dieser Tag ging vorbei und schweren Herzens fuhr Zupko Jasmin und ihren Freund zum Flughafen. Er hatte seine Tochter diesen Nachmittag unauffällig beobachtet. Und obwohl sie sich äußerlich in ihrem Wesen nicht verändert hatte, bemerkte er, dass irgendetwas an ihr nicht mehr so war wie vorher – bevor sie Gregor traf.

Dann standen sie in der Halle und gaben ihr Gepäck auf. Gregor und Jasmin verabschiedeten sich von ihrem Vater.

»Auf Wiedersehen, Gregor, bis zum nächsten Jahr, und pass gut auf sie auf!« Er streckte ihm die Hand entgegen und sah ihm in die Augen. Gregor griff nach seinem ausgestreckten Arm, erwiderte seinen Blick, nickte und drückte kraftvoll zu.

Jasmin fiel ihrem Vater in die Arme und presste ihn fest an sich. In diesem Moment wusste Zupko, dass er sie verloren hatte, aber er verdrängte es, wie so vieles in seinem Leben.

»Ich liebe dich, Kleines!«

»Ich liebe dich auch, Papa!«, erwiderte sie.

Ihr Vater sah sie an. Er hatte Tränen in den Augen. »Denk dran, in drei Wochen in Hamburg!« Er zwang sich zu einem Lächeln.

Jasmin nickte, und Zupko küsste sie ein letztes Mal auf die Stirn, dann löste sie sich von ihm und ging mit ihrem Freund durch die Passkontrolle. Sie drehte sich einige Meter entfernt noch einmal um und winkte ihrem Vater zu, bevor die Masse sie und selbst Gregor fast schluckte.

Zupko blickte aus der großen Fensterfront auf das Rollfeld. Er konnte sich selbst nicht erklären, weswegen er diesen Eindruck hatte, aber Jasmin war ihm in den letzten drei Tagen sehr fremd geworden. Er sah den Jet auf die Startbahn rollen und beschleunigen. Lange blickte er dem Flugzeug nach, das bald nur noch ein schwacher, kaum zu erkennender Punkt am Horizont war und schließlich völlig verschwand.

»In drei Wochen in Hamburg!«, wiederholte er leise murmelnd, danach drehte er sich um und fuhr zum Hotel.

Ungefähr vierzehn Stunden später würde er zu Hause in Kiel die Tür aufschließen.

Zweieinhalb Wochen später

Zupko hatte mit seiner neuen Geschäftsstelle viel zu tun, entweder er arbeitete bis spät in die Nacht oder war irgendwelchen Einladungen zum Essen gefolgt. Die Zeit verging, wofür er auch sehr dankbar war, sehr schnell.

Gestern war, wie fast all die letzten Tage, sehr hektisch gewesen, und so stand er heute auch erst auf, als die Uhr im Flur schon lange zwölf geschlagen hatte. Nachdem Zupko sich angezogen und etwas gegessen hatte, ging er zum Briefkasten. Während er seinen zweiten Kaffee trank und die Morgenzeitung las, piepte sein Handy, das wie gewohnt auf dem Küchentisch lag. SMS. Eine Nachricht seiner Tochter. Sein Herz schlug heftiger, als er den kurzen Text las.

Komme morgen am 4.07.09 ca. 16 Uhr in Hamburg am Flughafen an.

Morgen schon!!!

Er schickte eine SMS, in der er bestätigte, dass er sie abholen würde. Aber Sie war nicht erreichbar. Auch spätere Telefonanrufe endeten stets mit: »The Person you have called is not availible at present ...«

Gut: Das Handy war aus. Warum auch immer. Aber sie kam zurück, das war wichtig.

Zupko hatte im Stillen damit gerechnet, dass Jasmin das nicht tun würde. Sie war jetzt lange drei Wochen mit Gregor im Urlaub gewesen, und dessen war er sich ziemlich sicher, sie hatte an seiner Art zu leben Gefallen gefunden. Aber dennoch hielt er sie für intelligent genug, einzusehen, dass es das Beste für sie war, so unauffällig wie möglich leben zu wollen. Und natürlich, wenn es sich irgendwie vermeiden ließ, auch nicht zu töten.

Er hatte sich nicht in ihr getäuscht. Sie kam zurück. Es war ein Ausflug, war ein kurzes Austoben, ein Hörnerabstoßen. Zupko grinste. Er hatte diese Phase vor langer Zeit auch durchgemacht, auch wenn er sich nicht gern daran erinnerte.

Und so fieberte er dem Tag entgegen, an dem sie in Hamburg eintreffen würde. Keine achtundvierzig Stunden mehr.

Er stand am Flughafen – zwei Stunden zu früh. Jasmins Vater ging in das Restaurant und bestellte sich einen Kaffee. Seine Tochter war keine vier Wochen weg gewesen, das war, verglichen mit den anderen Zeiträumen, in denen sie in der Vergangenheit nicht zusammen waren, eine relativ kurze Zeit. Aber ihm kam es vor, als wären sie monatelang getrennt gewesen. Hauptsächlich wohl wegen Gregor. Er gestand sich ein, dass das Gespräch, das er kurz vor der Abfahrt mit Efraim geführt hatte, ihm ein wenig Angst machte. Efraim war es, der sagte, sie hätte sich seit ihrer Ankunft im »Kloster« so verändert. Und dem Greis war auch nicht entgangen, dass sie sich anscheinend für Gregor, unverständlicherweise, erwärmt hatte, wie er es ausdrückte. Zupko kannte seinen Lehrer genau. Er hatte das Gefühl, dass Efraim Jasmin auf Anhieb mochte. Aber er wusste auch, dass er ein untrügliches Gespür in Sachen Menschenkenntnis hatte. Efraim hatte sich selten geirrt, in der ganzen Zeit, in der er ihn kannte, und deswegen hatte Zupko sich in den letzten Wochen, während Jasmin irgendwo unerreichbar für ihn ihren Urlaub verbrachte, Sorgen gemacht. Das Positive, an das er sich klammerte, war, dass die Vollmondnächte gerade erst anfingen, als sie abflog.

Jasmins Vater hob die Kaffeetasse an die Lippen, trank einen Schluck und beobachte die Leute, die kamen oder gerade das Restaurant verließen. Er war froh, dass sein neues Geschäft ihn oftmals mehr *als* zwölf Stunden am Tag forderte. Fünfzehn Minuten vor der geplanten Ankunft des Fluges betrat Zupko die Halle und wartete. Dann verkündeten die Lautsprecher, dass der Flug aus Buenos Aires eingetroffen sei. Und kurz darauf passierten die ersten Passagiere den Zoll. Er blickte in die Richtung, aus der die Leute kamen, aber seine Tochter sah er nicht. Die Passagiere durchquerten zügig die Passkontrolle und wurden größtenteils von ihren Angehörigen empfangen. Irgendwann dünnte der Schwarm aus, Jasmin hätte schon längst da sein müssen, aber als auch der Letzte die Zollkontrolle passiert hatte und wenige Minuten später der nächste Flug angekündigt wurde, machte er sich klar, dass seine Tochter nicht in diesem Flugzeug gesessen hatte.

Zupko ging zum Parkplatz, stieg in seinen Wagen und fuhr nach Hause. Er versuchte, sich damit zu trösten, dass sie wahrscheinlich nur den Abflug verpasst hatte. Das war es wohl. Immerhin war die Maschine da drüben mitten in der Nacht gestartet. Aber so sicher war er sich dessen nicht. Und er hatte auch keine Möglichkeit, sie zu suchen. Kein Telefon, keine Adresse. Er versuchte trotzdem, sie über Handy zu erreichen – ohne Erfolg. Das Einzige, was er jetzt noch tun konnte, war, abzuwarten, abzuwarten, bis Jasmin oder auch Gregor sich auf irgendeine Weise bei ihm meldete. Und das war jetzt umso schwieriger für ihn.

Drei Tage später stand er nach einer unruhigen Nacht auf und fand im Briefkasten einen Luftpostumschlag mit Jasmins Handschrift. Er ahnte schon, was drinstand. Zupko atmete tief durch und setzte sich auf die Terrasse. Er öffnete den Brief und begann zu lesen.

Hallo, Papa!
Ich habe lange überlegt, ob ich Dir diesen Brief schicke oder nicht. Schließlich habe ich es getan. Ich war nicht, wie ich es Dir in der SMS mitgeteilt habe, am Flugplatz. Ich entschuldige mich dafür, und ich hoffe, Du verzeihst mir dafür, dass Du umsonst auf mich in Hamburg gewartet hast. Aber das, was ich Dir sagen muss, geht nicht in einer SMS.

Es hat sich in den letzten acht Wochen sehr viel für mich geändert. Und wie Du gesagt hast, muss jeder seinen eigenen Weg finden, um damit klarzukommen. Ich glaube, ich habe meinen bei Gregor gefunden.

Du kannst mir glauben, dass ich lange darüber nachgedacht habe, was ihr – Du und Josh – mir erzählt habt. Und ich danke Euch dafür.

Du kennst Gregor und seine Art zu leben. Und auch wenn ich Dir damit wehtue, es macht mir auch Spaß und ganz besonders mit ihm. Ich glaube, ich liebe ihn. Spaß ist nicht das richtige Wort, aber ich weiß nicht, wie ich meine Empfindungen sonst

beschreiben soll. Kurz vor der Abfahrt aus dem »Kloster« hat
Efraim mir die Nadel angeboten. Ich habe sie nicht genommen.
Ich glaube nicht, wie Du jetzt denken wirst, dass das ein Feh-
ler war. Ich sagte ihm auch, dass er es Dir nicht verraten soll.
Efraim war sehr enttäuscht. Und allein deswegen hatte ich sie
fast doch mitgenommen. Aber ich hatte Angst, dass ich früher
oder später so werden würde wie Du. Ich kann und will meine
Gefühle nicht unterdrücken. Und mich – entschuldige – selbst
belügen. Wenn Du auf diese rein mechanische Art zurecht-
kommst, ist das super. Ich könnte es nicht.

Weißt Du noch, was Du mir ganz am Anfang gesagt hast?

»Etwas ist in Dir erwacht ...« Ja, etwas ist in mir erwacht. Es
wird Dich vielleicht schockieren, das gerade von mir zu hören,
aber Du weißt es auch, du willst es nur nicht wahrhaben. Weder
was mich noch was Dich selbst betrifft.

Es ist ein Wolf, ein wildes Tier, das alle vier Wochen aus
seinem Halbschlaf erwacht und seinen Anteil fordert. Und ich
akzeptiere es als Bestandteil von mir.

Ich habe getötet, ja. Aber das gehört eben zu unserem Leben.

Ich gebe diesem Wesen Blut und lasse ihm während der Voll-
mondnächte freien Lauf. Würde ich es an die Leine zwingen, so
wie Du, ich würde früher oder später daran kaputtgehen.

Ist Dir noch niemals aufgefallen, dass dieses Tier nicht nur
nimmt, sondern auch gibt? Ich rede von unseren körperlichen
und geistigen Fähigkeiten. Nur aus diesem Grund akzeptiere
ich es voll.

Aber wie so oft gesagt: »Jeder muss seinen eigenen Weg fin-
den.«

Du hattest recht, Gregor hat gewaltig Einfluss auf mich. Ob er
nun gut oder schlecht ist, ist eine Standpunktfrage. Aber er hat
mir alles in einem anderen Licht gezeigt und sein Blickwinkel
gefällt mir besser.

Ich werde meine Fähigkeiten nutzen, und ich bezahle gut dafür, ich tue es gern. Ich hoffe, Du verstehst mich und liebst mich trotzdem. Dieses Leben kann man – kann ich – in Deutschland nicht führen.

Ich gebe Dir keine Adresse, ich möchte nicht, dass Du mich hier besuchst, und hoffe, Du verstehst das. Ich brauche noch Zeit. Bitte verzeih mir.

PS: Ich weiß, dass ein Brief sehr riskant ist, aber für mich war es der einzige Weg, Dir zu sagen, was ich fühle und wie ich denke. Wir sehen uns, spätestens Mitte nächsten Jahres.

Zupko las den Brief sehr langsam. Er hatte es schon in Kairo geahnt, als er sie und Gregor beobachtete, wie sie durch den Zoll gingen. Und auch Efraim hatte es schon gewusst, als er ihn kurz vor der Abreise zur Seite genommen und mit ihm gesprochen hatte. Efraim hatte sich an das Wort gehalten, das er Jasmin gegeben hatte. Auch der Alte sah zwar Jasmins Entwicklung mit Besorgnis, aber er hatte Zupko abgeraten, sich einzumischen, es war ihre Sache.

Er hatte sie verloren, nicht nur so wie ein Vater seine Tochter an den Schwiegersohn verliert, sondern auch auf eine Art, die ihn weit mehr schmerzte. Doch das Wissen war besser als die wochenlange Vorahnung, die diesem Brief vorausging.

Ihm liefen Tränen über die Wangen. Zupko ging ins Haus zurück, um sich eine Flasche Bourbon zu holen, dann setzte er sich wieder auf die Terrasse. Er goss sich sein Glas randvoll und trank es in einem Zug. Zupko konnte nicht verstehen, weshalb sie so absolut anders war als er. Aber sie hatte recht. Tief in seinem Inneren wusste er, dass sie recht hatte. Sie war glücklich – nur das zählte. Und so schwer es für ihn war: Er musste akzeptieren, wie sie lebte, denn es war ihr Leben.